岛上来信

胡子 / 著

北京联合出版公司
Beijing United Publishing Co.,Ltd.

图书在版编目 (CIP) 数据

岛上来信 / 胡子著． -- 北京：北京联合出版公司，2017.8
 ISBN 978-7-5596-0720-1

Ⅰ．①岛… Ⅱ．①胡… Ⅲ．①散文集－中国－当代 Ⅳ．① I267

中国版本图书馆CIP数据核字（2017）第175530号

岛上来信

作　　者：胡　子
责任编辑：昝亚会　夏应鹏
封面设计：S&S STUDIO

北京联合出版公司出版
（北京市西城区德外大街83号楼9层　100088）
北京联合天畅发行公司发行
北京朝阳印刷厂有限责任公司印刷　新华书店经销
字数160千字　880mm×1230mm　1/32　9印张
2017年8月第1版　2017年8月第1次印刷
ISBN 978-7-5596-0720-1
定价：45.00元

未经许可，不得以任何方式复制或抄袭本书部分或全部内容
版权所有，侵权必究
本书若有质量问题，请与本公司图书销售中心联系调换。
电话：（010）64243832

序
藏在众多孤星之中还是找得到你

我在乡下长大，是个留守儿童。除了语文课本，没读过多少闲书，作文自然也写得差。这样浑浑噩噩到了大学，看其他同学谈恋爱、考研、考公务员，考各种各样的证，而自己一事无成。终于，在大三一个无聊的上午摸去图书馆，翻来七七八八的书看。其中最喜欢沈从文，好的地方抄下来。冬天晚上北风呼啸，关了宿舍门窗坐在书桌前看。那大概是第一次体会到读书的乐趣，让我暂时从不如意的现实生活中解脱出来。

因为读书不用功，毕业后找不到体面工作，我是个敏感自卑的人，和同学朋友断了联系，无聊时刷刷豆瓣，看大家骂这个骂那个，感觉自己也是失意文艺青年中的一个，混不好是世道差劲。然而我最喜欢的还是豆瓣上的散文，常常感叹着原来一个人的生活可以写得那么宁静。那时我在宝安机场旁边一家小厂打杂，夜里苦闷，坐在空荡荡的航空大道看海上闪电，我试着写下这些片段，后面又用类似方法写了一些回忆类日志，写得零散，没有人看，直到有天沈书枝推了其中一篇。

书枝善良，我工作上遇到麻烦，她回很长的豆邮，鼓励我忠于自己的感受。说真的，书枝是我这辈子遇到的第一个特别的朋友。她照片拍得好看，认识不少植物，文章细致动人，我敬佩这样的读书人，要是能学到她一点就好了啊，心里这样默默想着。书枝说写得好的文章要经得起在纸上看，一开始我不懂，她的文章看得多，才慢慢悟到一点话里的意思。

然而很长一段时间困在琐碎工作里，我写不出像样的文章。做过一年导游，有人指着鼻子骂我阴险恶毒，辞职时上司挽留，我说常常起早贪黑忍气吞声，可交完房租连吃饭的钱也没有，说着说着就哭起来。后面转行去教英文，做得上手，又得人尊重，慢慢恢复了一点自信。办公室有个出身很好的女同事，待人处世意外的丝毫没有高傲气，她转兼职申请出国深造，我偶尔就约她在图书馆一起看书。四月的南方雨水绵绵，夹层人少，一张巨大红木桌,她坐在那头,身后青翠的芭蕉叶滴答滴答响,忧愁也在心里一圈一圈淌开来,我离她实在太遥远了。

她走以后,我也辞了职,准备考一所植物园的研究生。以前真是非常讨厌读书,上过班才觉读书可贵。我每天晚上做饭,留一半隔天早上让朋友带去公司,中午他帮我热好,我抓紧时间讲几句话,今天看了多少,哪些懂了,哪些没懂,然后一个人坐在小花园走廊吃完。这样,两本专业书看得滚瓜烂熟,我上线了,不过因为没有实验室基础,复试被刷,在朋友介绍下调剂到一所偏远的海洋大学学水产养殖。这个专业比较辛苦,学校上半年课就派去乡下做实验。日子无聊,实验之余看完了《汪曾祺全集》,小说集和散文集里喜欢的文章也很耐心地抄,这些文章对我影响很大,明白作文章应有怎样的克制和收敛。

做实验的日子苦,暑假回家也不好过,到这个年纪没谈对象,根本出不得门。我觉得孤单,没人说话。有天一个表哥喊我陪他去捉鱼,我哪里会,实在无聊就去了。回来我写了《捉鱼》,起床、吃饭[①]、邓安庆、有鹿鼓励我,他们是我喜欢并欣赏的人,我高兴得不知如何是好。写作让沉闷的生活明亮一点了。

后面在书枝影响下,我又读了废名。废名有小孩子

---

① "起床、吃饭"是一个豆瓣ID。

的天真心境，真挚可爱。我性格里正好有温柔的一面，对周围人事同样抱有小孩子一样的稀奇和快乐，能感应到旁人的孤单寂寞，我写努力工作的《福地李水南》，身体不好的《兵哥》，《晒鱼》里背井离乡的郑叔，都是些渺小的人，我尽自己力量写下来，一个个仿佛浩瀚宇宙里的星星。这本小书里应当也有废名一般的孩子气，这是我非常珍惜的东西。想起小时候刚刚过完年，父母搭村里早班车去外地做事，我舍不得，却无能为力，长大以后发现人生处处是离别，孤单无奈是生活的常态，幸运的是，写作让我找到了出口。

　　海洋大学毕业后找到一份工作，发现先前一起在图书馆看书的女同事就在附近上班，夜里她在我公司楼下等车，车子少得可怜，往往一等一个多小时，我得以跟她多说说话。早两年她对生活抱着近乎天真的幻想，现在长进了许多。她往后会变得更加独立不呢？我是外派的工作，下个月出去，在遥遥的南太平洋。一去两年，日子会更加孤单，不过似乎没以前害怕了，大概是知道经历无论好的坏的，最后都有办法变成好的。

小男孩的飞行梦。

目录

故乡

002 捉鱼
009 倒数第二次暑假
021 乡野食堂
026 鹭鸶
030 一碗热气腾腾的蒸菜
035 福地李水南
043 新年快乐
048 拜年
053 封子
058 晒鱼
064 姐姐
069 兵哥
077 多多
082 家伟
089 夏夜

在岛上

- 098 少爷水手
- 107 养黑珍珠的老李
- 113 去承梧
- 121 去双凫铺
- 131 海洋大学
- 139 在宿舍做饭
- 145 海上信件七封
- 161 北方有孤岛
- 171 去江西
- 176 又是一年卸鱼时
- 184 二十七岁去远方
- 192 去彭林
- 200 彭林岛见闻
- 207 做苗
- 216 苏瓦月古
- 223 勇的暑假
- 230 回春
- 236 草潭往事
- 244 抓虾
- 252 施工队
- 261 小岛过年
- 268 合租室友

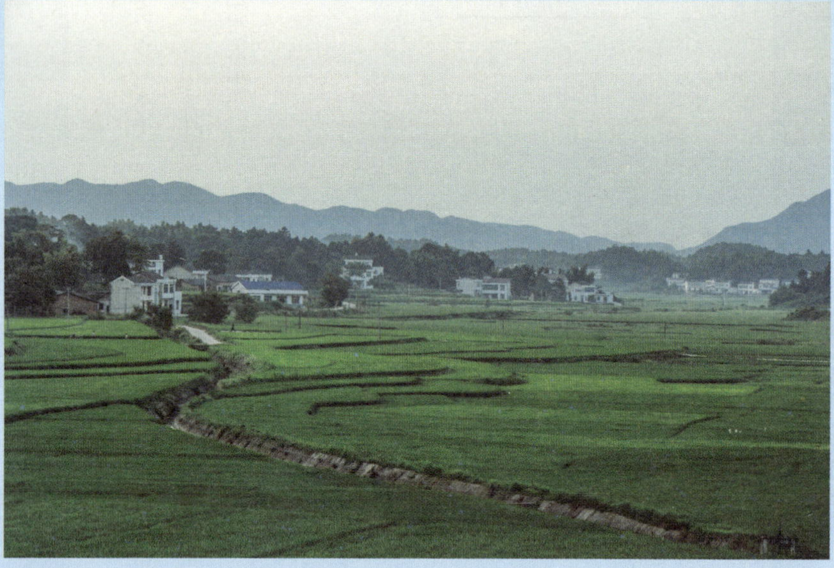

故乡

捉鱼

立秋过后,天凉下来。起了灰色又潮湿的云。灌木丛中几只鸡在埋头找虫子。它们才刚刚长大,苗条,但也开始下蛋了。下的蛋小,壳薄,青壳居多。鸡蛋在冰箱堆成小山,小孩子是不爱吃的,他们情愿吃老干妈。有时我敲三四个,加一点冷水,打散后摊在冒青烟的油锅里,很快煎得金黄,是亮堂亮堂的金黄色,很香,口感柔软,我一个人就能吃完。有次一个伯伯送来十几条黄颡鱼,叔叔把它们都煮了,另外打几个鸡蛋下去。鱼和鸡蛋同煮,吃起来没腥味,真时兴。

叔叔也捉鱼。他买了一副很长的渔笼,放在膝盖深的浅水区，由密且长的水草掩着。鱼喜欢来这样的地方。不过笼里还是要放饵料，不然只有误打误撞的几条才会钻进去。

每天早上叔叔去起一道，能起一两斤。有鳑鲏、白鲦、麦穗、黄颡、乌鳢，偶尔有刚成年的鲶鱼，剖出来绿色的卵囊。鲤鱼和武昌鱼也有，都只是寸把长。鲤鱼肚子圆鼓鼓的，武昌鱼的鱼鳞泛着黄光，都很好看。奶奶欢喜地接过桶子，在鱼的腹鳍处剪一个小口挤出内脏。乌鳢实在太小了，食指大小而已。我蹲在旁边叹息，奶奶说："那怎么办？放了它们？"我不作声，心里念：你们这群蠢东西，以后不要成群结队地钻到笼里来啊。

鱼洗净后，放到锅里焙干，要放点油。之后把锅换成竹篾折子，把鱼摊匀，覆上报纸。灶里再添点锯木灰，把明火压下去，这样熏一天，第二天就能吃到很香的腊味了。

这样的情形大概持续了半个多月。有天早上，叔叔回来说渔笼被偷了。奶奶埋怨头一天叔叔不该当着那么多人的面换地方，几百块钱的东西，别人见了肯定要眼红。隔日听说建平叔叔放在大园里的渔笼也被偷了。那一带人迹罕至，想必是惯偷。

没了渔笼，叔叔就自嘲："唉呀，不搞了，不搞了，每天弄得一身湿，麻烦。"实际上，渔笼被偷前两天，他还特地去买了雨裤。现在雨裤挂在堂屋，和叔叔一样落寞。

有天接到秋哥哥电话，喊我去捉鱼。

秋哥哥是姨妈的儿子。他从小喜欢乐器，但姨父姨妈嫌吵，他只好提着小号去屋后吹。后来他组了一支西乐队，有长号、小号、圆号、电子琴、架子鼓，还有麦克风。哪里有人去世，他们就去哪儿。和吹唢呐、敲铜锣的法师相比，西乐实在太现代化了，唱的都是大家耳熟能详的歌，《真的好想你》《祝你平安》《永远是朋友》，到下半夜还会舞狮子、耍杂技。这样屋里屋外就是两番景象，屋里法师在堂屋念经超度，孝子们跪在遗体前放声大哭，屋外则一片热闹景象。西乐队找来的年轻人样貌出众，他们留着郭富城一样的三七分头，走到哪里都招姑娘喜欢。西乐队一下改变了原本苦情悲伤的气氛。主人家觉得最后热热闹闹送老人一程也有面子，慢慢地，乡下人家只要条件不是特别差劲，都会喊西乐队去造势，秋哥哥也渐渐有了名气。到如今，秋哥哥做这行有二十余年。他在看热闹的姑娘里挑了一个当老婆，两个孩子也十多岁了。他买了车子，除了本县，隔壁桃江、安化、益阳也都去。唱的歌也一路在变，几年前听他唱过《最炫民族风》，现在怕是在唱《一万个舍不得》。

　　我到时，他正蹲在堂屋清理丝网。他已经是个中年人的模样了，肚子凸出来，脸上很厚的肉。不过因为从来没下田做过农活，一身上下白白净净的。

　　"你哪天回的？"

"昨夜里。"

"哪里的道场?"

"桃江那边。"

"你真是闲不住啊,还去放丝网。"

"有味①呢。等下和我一起去碎谷,晚上去打鱼。"

他放了三副丝网,只粘到很小的几条。网上反倒结了长长的水草和已经发黑的苍耳。水草抽几下也能抽出来,苍耳不好弄。不能蛮力扯,而且还扎手。要很耐心地两面找,然后一点点抠出来。我抠两个就没耐心,起身去看电视了。

一蛇皮袋米糠,半袋酒糟,在地上拌匀。酒糟是湿润的,米糠沾了水分,在水里就不会飘走。最后加一点剁碎的油渣,饵料就做好了。满满一大桶,足有三四十斤。秋哥哥骑摩托车,我背靠着坐上去,两手扶桶,手里还要抓一把锄头。山里有段路连续下坡,地上坑坑洼洼,我几乎要扶不住。

这些地方已经没人住了。土砖屋倒落一地,长了厚厚的芒草,原本屋后的竹子也长了过来。水里同样很深的草,这样是没办法下网的。锄头不好使劲挖,只好弯腰拔。这时头得抬起来,不然要呛水。草太厚,秋哥哥清理了很久。我站在田埂上等。脚边一线紫薇,正开着桃红色

---

① 有趣、有意思、好玩。

的花，一簇一簇，细细碎碎的。太阳温吞吞的黄色，不晒人，也不闷。水面微波荡漾，风从很远的地方吹过来，听得见轻轻的松涛声。紫薇下方，田里的水还没退尽，花和水相随，映着黄色的光，鲜艳的颜色让人止不住地觉得欢喜。对岸传来几声鸟叫，嘘的一声拉两个节拍，问：去不？很快，又自顾自地嘘两个节拍，回答：不去。这样的鸟叫声，有人家的地方不容易听到。翠鸟站在电线杆的斜拉线上，离水很近，一只鹭鸶飞进了竹林。

草已除尽。在中央挖一个坑，饵料塞进去，双脚踩实。末了折一截树枝插在水边，方便夜里来打鱼。这样的陷阱做了两处，第二处在山嘴巴。几乎没有路了，只能猫着腰在灌木丛里钻，尽头是退水后露出来的一绺地。眼前一棵很大的乌桕树，很长一截还泡在水中，这样的情形恐怕自雨季后就是如此，然而这棵乌桕没有一点水涝的样子，精神抖擞。几片叶子已经红了，长出青青的果子，树干映在悠悠的水里。

这一天是中元节，平常我不敢出门。晚饭过后，我不想再去，又不好意思讲，咬牙跟着去的。天上的云还没散，影影绰绰看见一点月光。下网时要慢慢走过去，手电自然不能再开。我站在很远的地方，最后连秋哥哥的影子也看不见了。像是等了很久，总算听见下网的声音，我打开手电找过去，很可惜，这一网打得并不多。而山嘴巴这一网收获颇丰，拉起来时只见白色一片跳个不停。我想着总算能回去了，而秋哥哥又带我去了另一个地方。小竹林里一条狭窄的路，地上覆了竹叶，已发白，竹枝遍地，走在上面吱吱地响。走出竹林，秋哥哥让我停下来，我站在靠水的油茶树旁。树上有鸟巢，一只稚鸟虚弱地叫着。这时月亮出来了，像站在迷雾中的荒野，我不敢动弹。这一次用大网，打到一条一斤多的鳙鱼。

回家的路上，摩托车在山顶公路上跑。看见起起伏伏山的轮廓，月光映在水面，透着幽幽的光，不再觉得害怕。

回去后，秋哥哥在堂屋清理渔网。嫂嫂正在看电视，出来说了两句："去外面弄咯，腥死了。"秋哥哥说："神经啊，外面蚊子那么多，要咬死我。"他喊小孩去盛水装鱼。一个玩手机，一个玩电脑，都不情愿起身，小的那个说："唉呀，捉什么鱼嘛，一点都不好吃，无聊死了。"

怕水退得太快，夜里十二点、凌晨还要去撒两次网。秋哥哥要我做伴，他说夜深有黄颡鱼，凌晨有虾。我想吃虾，然而实在一身毛虫灰[1]痒得厉害。秋哥哥也不再多留，打发那条鳙鱼给我，我提着鱼回家了。

---

[1] 宁乡方言，指树木上的灰尘碎屑，尤其昆虫爬过，比如毛毛虫，会让人痒痛难忍。

看夕阳成了每天的必修课。
两个渔民挑着鱼苗去海里养,他们走得那么快,消失在万丈光芒里。

倒数第二次暑假

暑假正值"双抢"。

清早，天上星星还没有灭，大人带着镰刀去田里"杀禾①"。有些人家劳动力有限，要和队上的人事先打好招呼换几个工。我家只有奶奶一个劳动力，她喊对门几个年轻的堂客们来帮忙。这天早上，大家默不作声，一人一个角落，戴上套袖弯下腰就开始杀。

杀倒一线，太阳渐渐爬上山。奶奶放下镰刀，回家做早饭。早饭做好我才起床。她舍不得我吃苦。

---

① 收割水稻，"禾"是湖南方言里对水稻的俗称。

禾杀完要"拌①",最早拌桶没有装柴油机要人踩。两个大人踩,脚下用力均匀合拍,踩起来便轻松。手上功夫也要好,满满一手禾滚来滚去。小孩子是滚不干净的,他们做得最多的是捞禾。小孩子这时节没怨言,一捞一天。脸、脖子、手臂晒得通红,禾叶更是在手臂上划出一道道红杠,出了汗又痒又痛。大人不忍心,从兜里摸出几毛钱当作奖赏。他们拿着钱去铺里买两毛钱的冰袋。冰袋像石头一样硬,敷在手臂伤口上,凉飕飕的。咬开吸一口,好甜呐,这甜味把一天的疲惫都带走了。

我下田少,做的是零碎轻松的活。拌禾时送茶,晒谷时守鸡。除了茶,有时也送藠头。

藠头在杂屋的醋坛里,背阴放一排。倒坛里是扑豆角和白辣椒,掺着发白的苦瓜、发黑的茄子。封口时塞一圈稻草,用小竹子弓紧。做得好的扑豆角爽口微酸,白辣椒水分还未散尽,炒点肉来香飘四溢,令人垂涎。正坛坛弦有水,石头压着盖,里面酸气出不来,外面空气进不去。一揭开盖子,积攒已久的酸味喷涌而出,令人津液不止。这一坛酸水保养得好,可以去一两年。藠头是绝对的主角,其次是刀豆、萝卜、姜片、大蒜头。也有人家放黄瓜、莴笋,这两样东西不经泡,一发烂,酸味也就走样了。

---

① 脱粒。

我用筷子夹一盆，撒上白糖，送去田边，是很解暑的食物，大家很快吃得精光。

出了谷子，奶奶要自己挑回去。山路崎岖，一担上百斤，实在辛苦。谷子挑回去摊在地坪上，用铁齿耙滤去枝枝蔓蔓，再用竹扫把撇去上面一层碎草，之后用密齿木耙翻几次边就好了。

晒谷这段时间，小孩子要盯着鸡和麻雀不来啄。啄也罢了，它们拉屎，这不能忍。一看到它们蹑手蹑脚走过来，我举起手中的竹篙就冲过去。竹篙当头劈成一朵花，散在地上啪啪作响，吓得它们鸡飞狗跳，要过很久才敢拢来。

曝晒几天后，谷子干了，还要过一道风车，吹走空壳和灰尘，这时金黄的稻谷就能进仓了。

收割之后，插晚稻之前，田里还没进水，是挖泥鳅和黄鳝的好时节。小男孩们锄头扛上肩，拎着塑料桶在田里走。走几步，看见黄鳝钻过的洞，他们能大概分清是最近钻过的，还是很早以前的。不像我，一阵胡挖，把力气耗尽，桶里空空如也，最后失了耐心，再不挖了。

年纪大的孩子有想法，挖了几斤送去隔壁村专门收黄鳝的人家，换几个零钱，是很让人羡慕的。有了零钱，他们用来置钓具。他们耐心好，也爱钓鱼。钓白鲦是有意思的事。折了小竹子或白栎枝插在水边作掩护，水面撒谷糠，很快引来一群白鲦。一米长的竹子钓竿，也不上食，不停甩，能甩上来鱼。女孩子掐一截革命草，趴在水边钓棒花鱼。棒花鱼和虾一样，喜欢在岸边游。棒花鱼嘴巴大，贪吃，咬了革命草不松口，手一抽就被带上了岸。

挖泥鳅黄鳝、钓鱼我都不在行。我喜欢野炊。挖灶，架锅，捡柴，淘米，煮饭，挖红薯，洗青菜。一切准备妥当，点火。锅烧红了，倒油，滋滋哗哗地响。有好几年，暑假也好，周末也罢，我们都在大园里①野炊。大园里是伸向水库的一块地，像个半岛。这里是好几户人家的菜园，很齐整开阔的地，只有几棵油茶树，长在一起，很高。我们在树下做饭、玩游戏，打扑克，直到初中毕业，很多孩子要出去做事，我们就没再一起野炊了。

距离上一次过暑假，没想到已经是五年前的事情了。

那时我在考驾照，认识一位大姐。她说暑假可以去她店里帮手，顺便辅导她小孩英语。这样我一下有了两份工作。早上八点前赶去大姐家，十点后再回店里做事。

早上太阳很晒，路上没有人，来来往往的货车扬起厚厚的灰尘。走到丁字路，拐进去那头是自己学校，立着大大的广告牌，写了学校名字。心里有点慌，仿佛自己再不属于这个地方。店里做事的是比我小的小姑娘，不过她们出来早，个个天不怕地不怕。她们开我玩笑，说一个堂堂

---

① 大园里为地名。

大学生出来端菜，还端不好。我不知如何应对，陷入长长的沉默之中。

没有客人时日子更闷，老板在店里看着，每个人都要保持忙碌的样子，而我确实没有事情可以做，坐立不安。等来了客人，厨房忙起来，姑娘们去包厢招呼客人点菜，我站在厨房门口等着。我送菜只到门口，姑娘们最后送上桌。

后来我们总算熟悉了些，她们教我偷吃，偷不常点的菜，鸽子蛋之类。有次我偷吃牛肉，赶上人手不够，我只好把菜端进去。客人问什么菜，那牛肉还压在舌头底下呢，烫得要命，我不好出声，摇摇头赶紧跑出来了。

住处是离店里不远的宿舍楼。姑娘们住一楼，我住二楼。老式楼，红砖墙，外面没有灯。隔壁是一对收废品的老年夫妻，我下班时他们还在，天一黑就走了。四下无人，怪吓人的。房间晒了一天，推开门，热气扑面而来。躺了半天睡不着，打一桶水浇上去。这时楼下的人跑出来骂："楼上的倒什么水，不晓得漏水啊。"我连连道歉。好不容易起了风，凉快一些，外面樟树作响，黑影起起伏伏，又吓得睡不着。隐约听见隔壁铁门响，听说住的是个年轻人，他回来了。我从没见过他。他打开电视，凤凰台的声音。再听不见其他，像住着一个幽灵。

大概过了十多天，学校老师、领导们也放假了，很少人来店里请客吃饭，生意一下子暗淡下来。老板让厨房把剩下的菜全部做完，满满一大桌，请员工吃了饭。之后去唱歌，我能唱英文歌，他很喜欢我的样子，拍着我肩膀说："小伙子，将来要在这边找工作，你告诉我，我在你们学校也认识一些人。"我那时候总想着去更远的地方看看，只是很感激地谢谢他的好意。

那次回家以为是最后的暑假，倒也闲得住。有个已经参加工作的高中同学半夜给我发消息，说："我好累，想回家。"这让我更珍惜在家的日子。乡下年轻人少，奶奶也不再种田。我白天窝在家里上网，黄昏去副坝散步。夕阳照在身后，下沉得快。脚下水面延伸至远方，金黄色云朵缓缓移动，狗在不远处吠，有人挑着水桶去井边打水。夏天就要过去了。

还能过最后一次暑假，是后来考了研究生。

这趟回去，叔叔家的两个小朋友在家，叔叔也在。家里热闹很多。小朋友在外地出生，上完幼儿园才回乡下，如今在县城上小学。他俩颇有些城里人的习气，从不出去找小朋友玩。我问他们为什么不出去，他们说太阳太大。

有几天太阳的确大，推开堂屋门，白晃晃的光刺得人睁不开眼睛，我也不敢出去。几天后下了雨，连续阴天，我背着相机出去瞎逛。竹子花枯萎了，栀子结了青青的果子，羊米饭能吃了，茅栗还没裂开，茶籽结得很厚，枝头垂下来，一副辛苦的样子，还是绿色的壳。

我家屋顶望下去的桐梓湾和水库。

走到大园里,大园里很多年前就没有了。建了猪厂,后来猪厂老板连夜跑了,猪厂空了,剩下残垣断壁。附近只有一户人家。开①伯母看见我,喊我过去坐。她中风八年,现在能勉强照顾自己。儿子、媳妇、孙女都在长沙做事,每月回来一趟,置办好柴米油盐又出去。大园里平常没什么人去。她的充电器被雷打坏了,电话打不通,她托我去镇上帮忙买一个回来。我正好想去镇上一趟,可以走

---

① "开"为人名,谐音。

走路，拍点东西。温吞吞的天。走到戴家大屋，大汗不止。山腰视野很好，可再往远处就变得灰蒙蒙的，看不见山的轮廓。

到镇上手机店，问充电器价钱，老板娘酝酿一下，我以为她要黑我。

"八块钱，你也帮忙，我也帮忙。要得不？"

"当然要得。"

婆婆还以为要十块钱呢，她会很高兴的。

夜里，叔叔说导山有戏看，问我去不去。叔叔喜欢看花鼓戏，他讲益阳班子唱得最好。益阳话和宁乡话相像，听起来亲切。我小时候看见戏子只觉得害怕，也听不懂他们在唱什么。之后很长一段时间都没有机会再看，我是完全不懂戏的。这一次却觉得很有意思。天皇星敌不过王英，王英不再赶尽杀绝，唱悲悲切切那几句十分好听，可惜我记不全唱词。我上初中时班上有个女同学会唱，她家里穷，学几句戏，正月里跟人出去打花鼓，挣点红包钱。她唱得最多的是《补铜锣》《刘海砍樵》。《补铜锣》是蔡九哥和林十娘的故事，我在电视上看过。一开头蔡九哥敲铜锣，喊："收割季节，谷粒如金，各家各户，家鸭小心。"印象很深。《刘海砍樵》几乎每个小孩子都会唱。一问一答，我最喜欢胡大哥这一句："我看你就硬像的她啊啰。"方言里不用"硬"这个字，发"nie"的音，听

《庵堂认母》里的徐元宰,长得真是标志。

起来好笑。正月打花鼓并不受人欢迎,叫"讨米花鼓"。很多人家一听到锣鼓响就赶紧关门。有时花鼓队走到大门口了,实在不好意思关门,只好让他们进来唱几句。要放鞭炮,要封红包。这些年大家手头宽裕了些,家中长辈过寿,也愿意花一两万搭戏台唱一整天。

第二晚我们又去王家冲看了一场戏。经过树山坳,几个娭毑[①]和堂客们在地坪歇凉,叔叔认得她们,也晓得她们爱看戏,把她们喊上车。一路开车,一路说从前夜里骑摩托车去偕乐桥看戏的事。冬天,四五辆摩托车一起,骑十几二十里那么远,为的看一场戏。说起过往的日子,叔叔很兴奋。

这一晚有场哭戏,动情之处,演员眼泪直流。这时候主人家是要打赏的。回来时听这几个堂客们说,她们不敢看哭戏,尤其不敢坐在正台下,怕煞到。上一辈的人特别信这个,我听她们讨论,觉得新鲜。现在的年轻人恐怕意识不到这样的煞气了。

暑假快结束时,是我生日。这天叔叔带我们去镇上买蛋糕。我并不喜欢吃甜食,两个小朋友比我还要高兴。"哥哥,我要巧克力。""哥哥,我要水果。"刚下车,看见炸兰花干子的,每人买一块,站在街边就开吃。天热

---

① 老奶奶。

时没人出来摆摊，这几天天气实在是好。眼看葡萄上市，叔叔订了二十斤，他要做葡萄酒。我们并不爱喝酒，只是看他欢喜的模样，大家表现出一副支持的样子。最后买了一条草鱼。草鱼肉厚，我喜欢腌几天再吃。

中午叔叔抢着要做菜，他做菜时好时坏。头天做辣椒炒牛肉，辣得我眼泪都出来了，忍不住吃了三碗饭。这天却做得很差劲。大家默默吃完一餐饭。到晚上我不准他再做了。

看戏，散步，做饭，手里还有一份翻译的工作可以做，这一次比以往的暑假过得都要充实。然而有天终于接到老师的电话。他问我实验进展如何。他是知道的，刮了一次十七级台风，我在乡下花了半年时间做的贝苗一个不剩。他责怪我不该回家，应当在台风后去海上捞贝。我一时语塞，想起小时候暑假结束作业还没写完要被老师骂的情形。暑假总是有忧愁的啊。

注：严格来讲，这是最后一个暑假，标题用《最后一次暑假》更恰当，但写这篇文章的时候，正好看了一部十分喜欢的日剧，叫《倒数第二次恋爱》，说的是一对年龄加起来超过100岁的中年人恋爱的故事。既然恋爱没有年龄的限制，我想暑假也不会的，现在我还很年轻，往后还会有暑假那样快乐的心情，就算给自己一个小小的祝福。

想看透，云层的背后是什么，走在熟悉的巷子口，你曾陪我。
别再说，该说的都已经说得太多，就算是一句轻轻的，保持联络。
眼前的天空泛红，像是离别的气候。

乡野食堂

上一年级后，下午还有两节课，要在学校吃中饭。清早去学堂，文具盒、搪瓷杯以及装了菜的玻璃瓶在书包里撞得叮咚响。到了学校，先去饭堂放搪瓷杯，再到教室早读。饭堂做事的是一对老夫妻，我们喊东阿公、东阿婆。东阿公话少，老实人模样，东阿婆嗓门大，笑脸盈盈。两个人都不凶的。东阿公添煤烧水，东阿婆淘米，把淘净的米分到搪瓷杯里，摆上蒸笼屉，两人再一齐端上锅。袁和小学不过五六十个学生，三层蒸笼屉就够了。

深秋时节，四方形的红砖烟囱烟尘滚滚，空气里混着煤炉和大米的香气。饭堂外一排壮实的枫树，叶已变黄。下课铃一响，小孩子从教室里冲出来，到饭堂找到自己的搪瓷杯。杯身用红漆写了自己姓氏，并不难认。阳光正好，顽皮的小孩子端了饭在操场上跑，老师站在屋檐下，扒一口饭，把手伸得远远的，手指夹着筷子，喊："那是哪个，再跑，再跑去国旗下罚站。"小孩子怕老师，马上停下来。老师把手收回去，又扒一口饭，转身进屋了。

到了中学，学校统一蒸饭，食堂也大了些。几张四方桌，是老师们吃饭的地方。饭是一盒盒的，长方形盒子装着，可分八份，每班七八盒。由体育委员和另一个力气大的男生去挑。虽然是体力活，却因为可以提前几分钟出教室，很多男同学抢着去挑。历史老师和生物老师是夫妻，他们在宣传栏旁边摆一个摊子卖菜。五毛钱一份，香干、豆芽之类的菜，放的水多，和家里的菜差得远。那时却图新鲜，宁愿吃这样的菜也不从家里带。有同学住镇上，事先一天说好，让她们帮我带五毛钱卤龙须菜换换口味。镇上做的龙须菜好吃，辣，蒜多，爽口，只是没有油，吃完空荡荡的。

食堂有一扇长长的窗，卖包子、油饼、红薯饼、炸兰花干子。油饼很脆，薄薄的，很大一张，没多少吃味[①]。红薯饼要好很多。红薯在乡下是轻贱之物，许多人家用来喂

---

① 吃起来的味道。

猪。学校食堂把红薯剁成食指尖大小的红薯粒,和小麦粉和在一起下锅炸。红薯炸得绵软,小麦粉略硬,这样一硬一软搭配,口感就丰富些。我们买得多的还是炸兰花干子,也是五毛钱一块,可以作中饭菜。因为带了碗,老板娘会多舀一勺汁到饭上。这样简单的菜,我们一样吃得快乐。

直到上高中,一日三餐都在学校,才恍然明白,最好吃的菜是家里做的。这时离家已有百里,吃一顿家里的菜谈何容易。食堂早饭难吃,我买了电炉子在宿舍煮面。面是一样的,煮出来的味道却比泡出来的好,还能敲一个鸡蛋下去,早餐就称得上丰盛了。那时生活费大概是每月两百块,其中饭卡要充一百二。食堂卖些稀奇古怪的菜,比如炒臭豆腐,乌黑的一盆,一块五一份,再买五毛钱小菜,这是一餐。后来一楼教工食堂对学生开放,卖小锅炒的菜。宁乡人炒菜是很了不得的,猪耳、猪心、猪肚炒得火红,四块钱一碟。这样的菜不能经常吃。同桌和我是同乡,我俩合伙在小食堂买一份菜,再去大食堂买一份,勉强解解馋。高中正是能吃的时节,以至于当时最大的愿望就是可以餐餐上小食堂吃饭,一人一碟菜,不,一人两碟,过足瘾。

然而这样的愿望一直扑空,直到上完大学。食堂有好吃的炒牛肉,上好的瓦罐汤,因为生活费有限,很少能在吃牛肉的时候再喝一罐汤。穷的时候去送过桶装水,发过

雷州乌石养殖场。

传单，却没有想过在专业上多花功夫，最后挣到的不过杯水车薪。我常常后悔，当时如果能更自觉一点，把英文学扎实些，后面就不需要走这么多弯路。可年轻时总以为自己很特别，要撞得鼻青脸肿，才愿意承认，自己只是茫茫人海里最不起眼的一个。

　　上班后一直自己做饭吃，我做菜，油盐辣椒放得重。不过两三年，便从一百二十多斤迅速蹿到一百六十斤，无论如何也瘦不下来。大概和其他同学一样，要变成一个大腹便便的中年人了。我沮丧地想。

后来读硕士，因为专业的原因，在雷州的乡下待了半年多，食堂伙食非常差劲。每人一天只有十块钱的伙食补贴。早饭喝粥或吃粽子。中午一样蔬菜，两三片白切肉，一条寸长的海鱼。丝瓜、空心菜、萝卜丝之类的蔬菜，反反复复吃，油水少得可怜，吃得人作呕。猪肉在水里煮开，切片蘸酱油吃。煮过肉的水放点白菜叶子，当作汤喝。只有那条煎熟的海鱼能下饭。可一旦遇上初二、十六敬神要做白切鸡，连鱼也没有了。鸡肉煮得很柴，敬神后冷冰冰的，这一餐我是一定要饿肚子的。凌晨四点饿醒来，眼珠子都是直的，肚子里什么都没有，慌得人直挠床板。半年后，原先肩上、背后、腰上、手臂上的赘肉所剩无几，我又差不多瘦回大学时的模样了。

　　在乡下的日子大多数很清苦，然而也吃过几餐好的。厂里有个养虾的技术员，是我们湖南人。他在宿舍门口种了两株朝天椒，零零碎碎结出鲜红的小辣椒。他有摩托车，去镇上方便，他和养虾的一伙人买了牛筋回来炒着吃。放姜蒜，下重油，小红辣椒是很浓很冲的辣味，起锅时放上葱段，色香味都全了，满满一大盆。他们买了啤酒，当下酒菜，吃得很慢。他见我去食堂吃饭，就喊我夹几筷子。我不喝酒，不晓得怎么和他们拉近关系，不好意思吃太多。可是想想，好东西往往是在吃不全时才觉得格外好。我到现在都还惦记那个牛筋的味道。

鹭鸶

昨天在小河边看见一片花，坐在三轮车上，隔得远，不知是红薯还是空心菜。花心发紫，在青草间。又经过一片水泽，灯心草长得茂盛，一处空荡的水面，站着一只鹭鸶，胆子很大，车子在旁边经过，它全然不顾。高挑、洁白，站在乡野之间。

早上没有事情做，想去看看这只鹭鸶和河边的花，戴着耳机出门了。

阳光照亮马路，树叶被微风掀起来，细细碎碎的光在风中摇曳。路上骑着单车的农妇从海边回来。她们每天都去海边挖贝。她们从身旁经过，走远，又从身边经过，走远，像一出流动的戏。有人坐在办公室上网，小卖部前堆着的沙子，一块一块木板拼成的长形小窗，家家门前的黄皮、龙眼树，这些画面一句一句有节奏地变成句子，敲在脑中，走起路来因此变得轻快。

路很好认，田字格。沿着中央稍宽的大路走，不会错。哪怕拐错一个路口，只要记得大方向，最后总能走回大路。经过一处松树林，长在沙地之上。树干切了口子，绑着塑料袋，大概是无人打理，袋里积了雨水，胶是没有的。松树林横看纵看都是一条线，空出长长的过道，有种整齐之美。与松树林挨着的柠檬桉，歪歪斜斜，因为稀疏，错落有致的线条也好看。

过了这片林子，是大片田野，房子散落其中。一条笔直的马路，两旁长着高高瘦瘦的桉树，在地上投下一杠一杠的影子。站在路边，望见远处水牛低头啃草，一只鹭鸶站在背上，水牛不赶鹭鸶，鹭鸶呆呆地站着。密密的风拂过莎草，头顶树叶沙沙作响。明明是秋天了呀，这样看着犹如一场夏日未完的梦，过去和现在以一种微妙的气息或光影再一次联系在一起。仿佛走过一段漫长的路，然而又仿佛哪里也没去。

依在树旁看近处一头水牛，水牛也看我，嘴里的草干脆不嚼了，一副"你望着我做什么"的表情。有蚊子飞过时，水牛轻轻挑动耳朵。它看不懂树下这个人究竟要做什

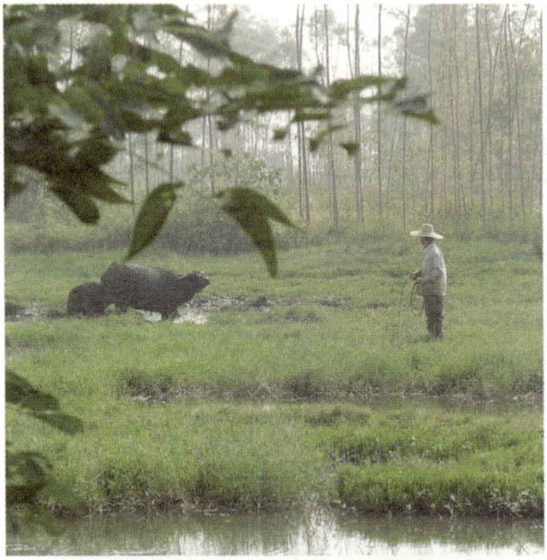
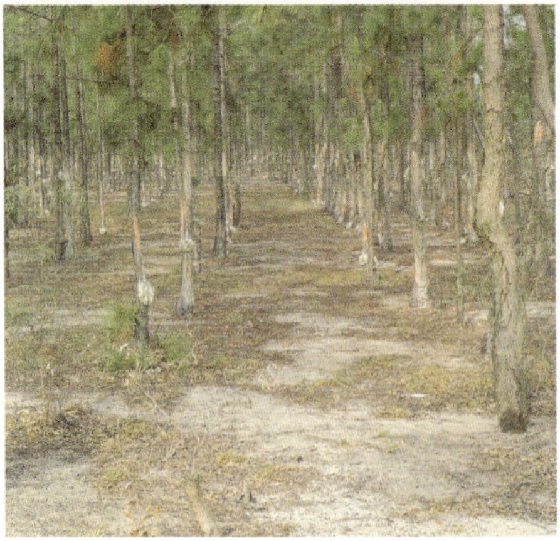
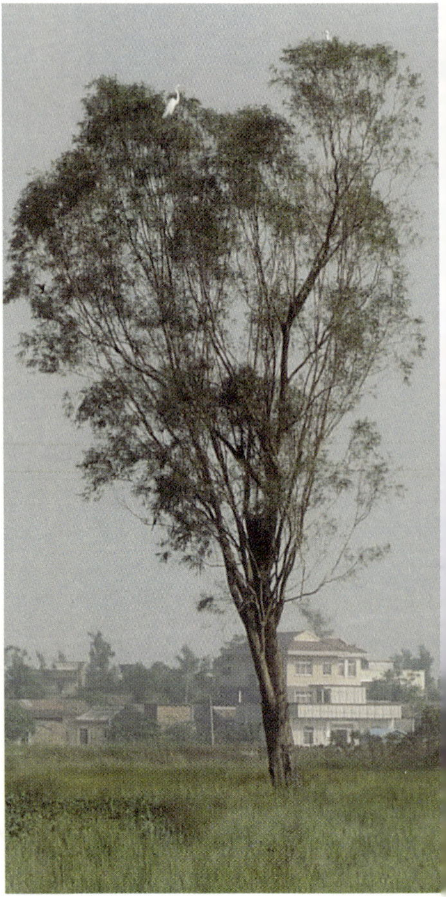

么，又低头吃草了。

　　人一动，惊动草里的鹭鸶，鹭鸶拍动翅膀，飞向更远更深的草中。这些鹭鸶和以往见过的一样胆小。我到水泽附近找到了之前三轮车上看见的那只。这时它正站在岸上，不时低头啄羽毛，并不着急要去哪儿。水里游着什么看不清，搅得水面不平静。说也奇怪，平常鱼翻水总能望见一点青青的鱼背，甚至发白的鱼肚，这次却什么也看不清。只知道水里有东西在惊慌逃窜。鹭鸶信步走向水里，长长细细的脖子一耸一耸，抽动同样细长的双腿。鱼在腿边逃命，鹭鸶不再走，头扎进水里捉鱼，左左右右扎了几次水。

　　小时候也是喜欢鸟的，喜欢却很残忍。想要抓住它们，捧在手里，摸发软的羽毛，感受这一团小东西的温热。想要疼它们，把它们关起来，喂米，送水。可这样的"疼爱"最后都害了它们。小孩子哪里懂如何养一只鸟呢？何况大多是从鸟巢里扒来的幼鸟。现在能站在远处，看一只鸟如何走路、觅食、在田野里拍动翅膀，明白一只鸟并不需要我们的"疼爱"啊。

　　有农人停了摩托车，趟进青草。的确良白衬衫自腰身以下沾了污浊发黑的泥巴，他捡起牛绳换了一处地方。鹭鸶伸开翅膀，缓缓飞向了枝头。

一碗热气腾腾的蒸菜

天冷以后，想家的念头渐渐浓烈起来。

几场霜下来，菜园里蔬菜有了冬天的味道。菜心是冬季最常吃的蔬菜，可清炒、下火锅，带花茎瘦的那种味道最喜欢。这样挑剔的坏毛病大概是从小惯出来的。猪肉只吃切得最小的那一块，而且见不得一点肥。我现在虽然不挑了，家里小孩子却和当时的我一个德行，因此我炒猪肉干脆剁成肉末。不过即便是肉末，他们还是会挑挑捡捡。慢慢有了青毛叶、黄芽白。洗净，掐成两三寸长，摆在盘子里。桌上火锅咕噜咕噜地响，冒着热气。大人站起身，揭开锅盖，抓一把黄芽白丢进去。一家人端着饭碗齐刷刷望着即将烫熟的青菜，这一天也慢慢接近尾声，安详又寂静。

　　火锅、炒菜仍然是乡下主要的烹饪方式。蒸菜在我家那一带并不流行，只限逢年过节有重要客人来时做梅菜扣肉。这道菜肥肉多，小孩子不吃，大人也不过爱吃底下被油浸透的梅干菜。很难吃完，因此也就做得少。而这道菜在过去是一等一的好菜，穷人家要到年末才能吃到。我小的时候，家里并不算特别穷，年年冬天灶上都有熏腊肉。奶奶做腊肉前把腊肉过开水煮一道，捞上来切片，最平常的做法是用白辣椒炒，时兴一点的是去镇上买新鲜青辣椒回来炒。白辣椒好吃，吃得久了，自然不如新鲜辣椒来得清爽。等新鲜辣椒吃没了，奶奶就做蒸腊肉。腊肉切片后摆在白底饭碗里，放小抓豆豉，煮饭时一起蒸。火烧得旺，热气顶起厚实的锅盖噗噗噗地响，这时撤去明火，让米饭多焖一会。接着空气里传来锅底焦黄锅巴的味道，和腊肉的香味彼此交融。

　　有很多年，冬天家里只有奶奶和我两个人。大学后的寒暑假，我就不让奶奶做菜了。我做菜生怕吃不完，每次最多做三样菜，样样都不多。奶奶看不过去——她太担心我在学校吃得不好了。我炒菜时她就端一盆鸡蛋来。吃几个鸡蛋？我说吃不完，下次做。她知道我脾气倔，不作声，出去兜一圈，回来又问：煮几个吃要得不？我摇头，她又问，那煨几个？我还是摇头。她不再问，说："鸡蛋

在宿舍蒸的油豆腐。

都放在碗柜里，在那个白盆里，你想吃就自己拿。你看今天又生了好几个蛋呢。"后来叔叔一家回来，奶奶做菜的时候更加少。有天她把我喊到自己家厨房，从锅里端出一碗蒸好的腊鱼，还是小时候的做法，上面撒了豆豉，她说你吃一点看看。不让奶奶做菜，在我们看来是孝敬她，然而对她来说，就少了一种关心我们的方式。奶奶真的老了呀，我在写这几句话的时候忍不住号啕大哭起来。

我在长沙上班那几年，到冬天也要做几个蒸菜。一是蒸鸡蛋，二是剁椒鱼头。鸡蛋我总是蒸得太老。不晓得要掺热水还是冷水,还有人说加点石灰才会嫩。实话说,我在长沙那几年过得粗糙。挣不到多少钱,哪里有这么多讲究。吃蒸鸡蛋无非是怀念小时候挑食被奶奶宠的日子罢了。剁椒鱼头容易做,电饭煲煮饭时把腌好的鱼头架在上层。饭熟,鱼也熟了。

长沙街上有许多浏阳蒸菜,车站附近,街头巷尾,从这些蒸菜馆的位置来看,显然是穷人常去的地方。七块钱一碗的荤菜,再点一个三块钱的小菜,送米饭。对没站稳脚跟的外来人来说,是十分划算的去处。依我的经验

在宿舍蒸的腊肉。

来看，人流密集的地方，蒸菜馆质量一般。位置较偏的地方，饭菜质量比较有保证。我有段时间要去井湾子上夜课，课前我总在一家蒸菜馆吃饭。最常吃的还是腊肉，上面一层腊肉，下面垫的黄豆，我很爱这道菜。

　　蒸菜在家里不常做，然而一到冬天，热气腾腾的蒸菜就占据了我这个异乡人的头脑。我有时候忍不住和朋友讲讲这些事，他一个人住，听我说了以后也开始做蒸菜。他尤为自豪的是，学会了蒸饭。他说：一次蒸一盆饭，刚好吃完，再也不用望着沾满锅巴的电饭煲发愁了。显然，蒸这个方法，还可以省去许多做菜的工序。

福地李水南

　　昨天从基地回来,心里空荡荡的。在车上,李水南打了个电话给我,说他正走在去偕乐桥的路上。湖南的冬天清冷,空气透彻,在田野里走,仿佛能闻到甘甜的味道。不过他说田里堆了厚厚的稻秆,烧成一片。恐怕甜味没有,只是浓浓的烟味罢了。而我坐在车上,穿一件长袖衬衣,还在吹空调。

　　他搭车去县城陪老婆,他们是去年夏天结的婚。他在银行贷了几万块钱让他老婆在县城开了个杂货店。问他生意如何,他只说过得去,好的那天忙不赢[1],差的那天人影都难

---

[1] 忙不过来的意思。

见一个。他买的车给老婆开，住处在金州大道。早上九点开车去店里，夜里十一点才关门回去。想必很少动手做饭。李水南在市里上班，周末回去一次，有时候工作忙，隔一周回去一次。婚姻是个坏东西，也是个好东西。他喜欢他老婆，彼此之间是亲近的，李水南又是个不太浪漫的人，他们之间的喜欢又不至于太过浓烈，有点细水流长的意思。他陪他老婆开一天店，晚上一道下馆子吃饭，第二天走也不用受离别之苦。李水南点了一盘辣椒炒肉，坐在靠窗的位置。窗外车水马龙，他夹一筷子辣椒，脸上红扑扑的，望着对面和他说话的这个漂亮女人，是自己老婆，他觉得今天的辣椒比往常的都要好吃。

李水南生在偕乐桥，长在偕乐桥。上高中前他没出过这个地方。跟其他孩子一样，李水南很多年的长假和父母一起在田里渡过。清早天未亮，扒口剩饭，随父母一起去田里杀禾。他懂得心疼父母，禾把手臂勒得鲜红，流了汗，汗渗进一道道口子里，又痒又痛，他知道父母比自己还要辛苦，不作声，跟着在田里转一天。吃的呢，他也不挑，就着丝瓜打汤吃三碗饭。正午太阳大，他在屋里睡午觉，仰面朝天躺在竹床上，睡得口水四流。父母不忍心喊他起来，他睡到蝉声绵绵时，一骨碌爬起来，想起还要去田里帮忙。顾不得擦擦脸上的口水，径直往田里跑去。每个长假结束，李水南都要晒掉一层皮。

李水南算不得特别顽皮。下塘游泳、爬树掏鸟窝这些淘气的事玩得少。他看动画片，滚铁环，打弹子。有一年他做了个滑板车，其实也不是他做的，他偶然得来几个滑轮，他爷爷是个木匠，李水南看着爷爷叮叮当当拼出块大木板，木棒当头各自安一个滑轮，一前一后固定在木板下方。他一屁股坐在滑板车上，从高高的坡上溜下来，听着风的声音，滑到底，又捡起滑板冲上坡，再溜下来。

　　乡下孩子，尤其男孩子，总免不了几餐打。有时是闯了祸，有时是父母打牌输了钱心情不好。李水南挨过一次打，不过不为闯祸，也不是父母输钱。是有年夏天发大水，他从外婆家回来，沿着河边走（有山路可走），不小心被水冲走一只拖鞋，他眼看着捡不着，索性把另一只也丢水里了。他不敢回家，磨磨蹭蹭到天黑才回去。爸爸在屋里①担心一天，问他为什么那么久才回。他说鞋子冲走了，捞也捞不回，怕回来挨打。爸爸一听，果然从手边的扫帚里抽出一根竹子在他屁股上打起来，边打边吼："那么大的水，哪个叫你去水边的？"李水南以为爸爸生气是因为他丢了鞋，很多年以后才明白，爸爸是担心他掉水里回不来了。

　　读高中那年，李水南去了县城。他个子不高，和平常高中生一样瘦。他当过两年体育委员，说起来他自己都快记

────────────────
① 湖南人把家称为"屋"，"屋里"是家里的意思。

不得这事了。毕竟在体育方面，他并没有出彩的地方。但他是个严肃的体育委员。出课间操，他在队伍前前后后跑，有些同学散漫，半天站不好队，他小跑过去，告诉人家要怎么站，脸上满是认真对待的严肃劲。同学对他嬉皮笑脸，他勉强回笑一下，同学不以为然，他脸胀得通红，气鼓鼓的，他不是怕打架，是不想。站个队而已，对我摆脸色做什么呢？是的，李水南并没做错什么，但这股严肃劲得罪了不少同学。他们在宿舍关起门议论李水南，讲他脾气古怪，"宝里宝气"。李水南是不知道这些话的。他到县城，成绩不如别人好，虽然每天课间操都能在班主任面前讲几句话，但实在没能引起班主任的关心。

　　后来他迷上玄幻小说，五块钱一本的连载，他不怎么舍得买，捡同学看过的。躲在厕所看，藏在被窝看。有次被管事的老师发现，被喊到外面站了一个小时，冬天，他只穿了里衣里裤，冻得直哆嗦。没小说看的日子，他用收音机听鬼故事，半夜三更不睡觉。上自习他也在桌子底下捣鼓，一只耳机从衣服下摆塞进衣袖，单手撑头，他在听电视剧。一面听，一面和邻桌同学挤眉弄眼，他们在听同一个频道！

　　李水南不拔尖，也不像打架闹事的同学那样麻烦不断，任课老师记不住他，不过李水南记得英语老师找他谈过一次话。老师把他喊进办公室，问："李水南啊，你想不想上紧读点书？"李水南点点头，老师又说："既然想上紧读书，那就要勤快点，不懂的多问。"李水南英文学得稀烂的，老师这番话没有激起他的斗志，但他心里感激这个英语老师。

李水南没考上大学，爸爸问他要不要去云帆复读一年。李水南不想去，他要去市里学一年电脑。

开学那天，妈妈起早煮饭，把昨夜的菜炒热，打了两个荷包蛋。李水南看见客厅靠墙整理妥当的行李，刷了牙，洗了脸，坐在桌子边认真吃完这餐饭。

妈妈提着行李出门，还未天光，四下寂静，远远地班车喇叭声翻山越岭而来，一下一下落在李水南的心上。他走到妈妈身边，顺手提过行李。妈妈很瘦，李水南也很瘦，两个瘦子踩着点点星光离开了家。车上妈妈脸色难看得厉害，李水南问妈妈你还好不。妈妈用手捂着嘴，勉强挤出一点笑脸，轻轻说："没事，到了就好了。"原本是爸爸送，可妈妈执意要去，家里又得有人守屋，斩猪菜、炆①猪食、喂一二十只鸡，不能三个都走。

到了学校，李水南去交学费，妈妈在宿舍整理床铺，怕床硬，铺了垫被再放的凉席。等一切安置下来，已过午时，两人去学校饭堂吃饭。妈妈只是做做样子，吃得很少，怕等下回去要吐。李水南看着，心里说不出的滋味。这才离家一天，他就开始有点想家了。

---

① 意为炖。

学校一年眨眼飞逝。李水南在附近一家网络公司找了工作，一个月得八百块钱，仍住在学校宿舍。他已经没床位了，只是学校查得不严，他知道哪里有空铺就搬了过去。宿舍混乱不堪，不小心抬头就撞了衣架。学生们整日在宿舍抽烟，打游戏。门口的快餐盒、矿泉水瓶堆得山高。李水南在这里睡了三个月，转正后在郊区租了房子。这期间有不少同学投奔过他。那个曾和他一起挤眉弄眼听收音机的同学，工作做不长久，没钱租房子，在李水南那里借住过。在本地上大学的同学找过他，是一对情侣，李水南把房间让给他们，自己在同事屋里打地铺。去外地上学赶凌晨火车的同学也在他那借宿。李水南一同起早去拦出租车，把同学送到火车站，再走回公司上班。四点钟的高架上，车子开得飞快，黄色路灯刷刷扫过他们的脸。收音机里周杰伦唱着《断了的弦》，那是他们高中常听的歌。而这些同学现在去了哪里，过着什么样的生活，李水南都不知道了。

李水南也是在深夜里痛哭的人。在他工作的第三年，父母去了北方做事，他那时每月挣三千，父母加起来一月不过两千，但到年底父母余下来的钱比他还多。他想到父母省吃俭用，想起在家生病的奶奶，觉得自己不争气，忽然遏制不住地哭了起来。但大多数时候，李水南都是嘻嘻哈哈的，像个没有烦恼的年轻人。上班，下班，吃饭，睡觉，周一在晨会前领操，周三和同事打羽毛球。

李水南所在的公司有食堂，而且伙食不错。冷天红菜薹上市，桌子上常摆一道。李水南爱吃紫苏煮鱼、辣椒炒肉。这两样菜有汤汁，一层黄色透明的油，混着黑色豆豉和白色辣椒籽。吃了两碗饭，忍不住浇上汤汁再添一碗，李水南用手摸摸日渐浑圆的肚子，长舒一口气。他原本瘦长的脸现在也长圆了，因为脸色发红，看起来像个有福气的胖子。

　　他谈过一次短暂的恋爱，暗恋过一个瘦瘦小小的女孩子，知道人家有喜欢的人，还是在聚会结束后的雨夜送她回家。过了几年单身生活，在父母催促下相过几次亲，频繁的时候几乎每个周末都要回乡下被别人看。有的姑娘看不上他，有的姑娘他看不上，但最后他还是相到了这个老婆。他们谈恋爱没有肉麻的话，有的只是"天气冷，你多穿件衣服，不要感冒了"之类的话。结婚那天，接亲的车子回来。他下车，在鞭炮声中抱着老婆进了堂屋。他老婆留着短发，嘴、鼻子、眉毛都生得俏。他的脸被抹得通红，他爸爸的脸被抹得乌黑，妈妈还是很瘦，穿了一套洁净的旗袍。李水南和新娘拜祖先，拜父母，给父母端茶，爸爸笑哈哈，妈妈很感动。夫妻对拜，李水南再不是一个人了。

李水南和他的同事在上班路上。

新年快乐

走前，被套、床单、枕头套拆下来洗好，除去回家要穿的鞋，其余刷干净晾在阳台。整理行李，眨眼，驾照要年审，身份证要换，工作时的机票，和喜欢的人旅行的车票，争吵，无奈，笑脸，走路说话时的情形，都让人伤心。

春天湿气重，写几个字告诉室友要帮忙把晾干的衣服鞋子收进衣柜，两盒除湿剂上下各放一个，最后用胶带封好。还有两袋鱼，乡下做实验顺手晒的，摆在桌子上，是留给同学的新年礼物。

同行两位女同学。丽姐嫂嫂送她到车站，留了几盒吃的，还有三个粽子。我分明吃饱了，却又贪吃，迫不及待打开盒子，豆腐裹一层透明包衣，拉很长，淋黑色酱汁，是湛江独有的小食。喊旁边新认识的老乡一道，老乡摆手，他不吃甜。我知道湖南人吃东西，不见辣椒，什么都没味。粽子是猪肉鸭蛋黄馅，松艳不吃肥肉，我把糯米和鸭蛋黄剥给她，弄得满手油。

丽姐三十多岁，和我一样，上过几年班才回来读的研究生。我在乡下做实验，需要人搭手，她从学校过来，吃两餐随随便便的饭，一整天随我在养殖厂转，加冰，测水温，打手电，写标签。夜里解剖，丽姐帮忙举手电，草丛里虫鸣四起，我问丽姐："你有想过自己这样的年纪还要来乡下做这些事吗？"丽姐摇头，她有个四岁多的儿子，小朋友将来会以有这样的妈妈而骄傲吧。

说会话，快熄灯了，丽姐、松艳回自己车厢，道晚安，刷过牙，在黑暗车厢里看外面流动的光，躺在床上，觉得自己是个干干净净的年轻人。

下铺的年轻爷爷，穿衬衫，头发乌黑浓密。孙子要走，爷爷不走，孙子还是要走，爷爷哪里拗得过。给他穿鞋，孙子走，前面黑，拉住爷爷手，爷爷起身，由小手拉着，走在无人的过道。半夜小孩子趴在床上闹，爷爷拿他没法子。再睁开眼，下铺已经空了。

六点半，火车到永州，慢慢天有一点光，外面的山，山上的树，寂静的黑色，山脚羊肠小道，下过雨，浸得黄土松软。是故乡的河,静静流淌。绵延的小山,远方墨蓝色。雨天真是令人忧愁,心里觉得这样的忧愁也很幸福。

我七年前到过此地,是大一暑假。同学父母租一间简陋门面,父亲从工地收来废旧的钢筋,母亲坐在门口矮凳上捶得叮当响,捶直的钢筋再出手,赚一点差价。白天同学带我走浮桥,去公园游泳,父亲在栅栏外看着我们。晚上母亲杀了鸭子,做血板鸭给我们吃。这个同学现在读博士了,虽然我们很少联系,但过去我们一起读书以及那个暑假的细节,依然历历在目。

清早醒来,车厢还很安静,吃过泡面,扳下过道座位坐着,一个老太太用不锈钢碗打了热水,泡两双筷子,洗净后插在零食袋。她穿宾馆一次性拖鞋,走路很慢,有点胖,但不臃肿,蓝色袜子,灰色棉长裤,绣了梅花的红边针织衫,看起来气色很好,平和得体。她在碗里泡面,老爷子揭开午餐肉盖子,用筷子划成四方的肉挑进面里。老爷子先吃,老太太倚窗躺下看着他。吃完,老爷子又起身泡一碗面回来,帮婆婆添点小菜。两位话不多,偶尔说两句,声音也很低。我取下耳机,听他们口音,是北方人。我才起来时,用刷牙的陶瓷碗泡面吃,以后又洗了新鲜枣子放在里面,做这些事时,身体里像是有一种微妙的节奏。车上只有我们用碗泡面,因为这一点共通之处,心里莫名觉得欢喜。在衡阳,老爷子下火车抽烟,隔着车窗朝

火车上。

我挥手，让我告诉婆婆他就在下面。婆婆对我笑，说声谢谢。两位从包头出发，先在湛江看儿子，如今去北京和女儿一起过年。

火车很快到长沙。天像个冰窖，呼出一口气，很快被风带走了。丽姐、松艳和老爷子两夫妻站在车门前，我和大伙道别。走几步，又回头喊：大家新年快乐啊。声音淹没在人群。大家朝我挥手，我这才快快乐乐地钻进地下通道。

后记：回家后我把老爷子夫妻泡面的照片以及上面写的一段话发邮件给他们女儿，不久后收到回复：

胡子，你好。

看了你的记录，很是感动。是我父母的真实写照。他们各有各的脾气，但也算很恩爱，互相迁就了一辈子。我父亲很热心、很健谈，相信你也感到了。我会把这些转给他们。我父亲记忆力很好的，他回忆中又增添了一片美好。谢谢你让我从旁观者的角度，再次看到他们。

春安，新年快乐。

拜年

早上出门拜年，下了雨，今年叔叔说不送东西，坐下喝杯茶。满舅爷和媳妇分开起伙，搬到原先的老房子。两个老人家身体不算太好，常常见医生从他们家出来。媳妇在自己灶屋准备菜，脸盆泡了干笋丝。他们家的男人似乎是不做家务的，媳妇讲："么子事都是我一个人做，不像你们个个都做饭。"两面墙贴满小孩子的奖状，满舅爷退休那年学校送的桃李满天下的匾依旧挂在那里，龛里两个热水壶，很多年了。

坐一会，起身到财伯家，他一个人，靠里房间的电视开着，门口一个长长的铁笼，放捉来的鸟。这几年鸟多了，从早到晚叫不停，热闹。猎人也多了，附近一带的居民拉网，也要抓不少。我虽然心疼，也吃过一次鸟肉，但味道并不比鸡鸭鱼特别，后来便决定再不吃了。同学吴湘的爸爸拉网，捉了鸟回来，他说："爸爸，你放了他们吧，窝里的小鸟还等父母喂食呢。"他的爸爸放了鸟，收起网。真是心地柔软的人家。

　　财伯泡茶，陪我们坐下一起吃糖。床临窗摆的，窗户没有玻璃，有风的夜里恐怕要冷吧。茶碗没洗净，男人过日子难免粗心大意些。他说："早几夜输了1700，娘的……"到这里他忽然停了，大年初一，不应该讲这些。茶喝完，起身又去杰哥家，他的孩子一岁多了，安安静静，愿意让我抱，年轻的爷爷说是病才好，不然会蹦蹦跳跳。门前立两根水泥柱，横一根松树，竹片插成栅栏，是杰哥锻炼的地方。

　　雨渐渐小了，拜完桐子湾三家，回来，客人们陆陆续续来了，开着车。先是姨奶奶两个儿子，老婆孩子，挤满一车，不见姨奶奶。以前没修路，春节多雨水，稀烂的泥巴路，坐摩托冷，不小心还要滑倒，他们一家就从石河走路来，吃餐饭又走回去。姨爷爷踩他的载重单车来的，从前问我学习好不好，如今要跟我介绍对象。吃过饭，他提了锄头到门前竹林挖笋子，挖了一大袋，人走了，笋子留在我家杂屋，那么多我们吃不完，叔叔又背了送出去，放在他单车上。姨爷的大儿子乔安在政府部门做事，黑皮鞋，长风衣，嘴里碎碎叨叨的都是女儿："娜娜，你要喊人，喊了姨阿婆不？小朋友要讲礼貌。娜娜，不要到处跑，衣服弄邋遢了，妈妈难得洗。"他双手插在口袋，转过背，脸上的笑没有了。二儿子长安要随和些，每个人都拢去讲两句话。大媳妇问了无线密码和女儿在客厅烤火上网，二媳妇坐在灶屋烤火。

　　接着是舅爷一家。舅爷早几年中风，要坐轮椅，左手握一截竹筒，话不能说，但认得清人。这是他病后第一次来，儿子、两个女儿、孙男孙女都来了。大家涌向地坪，搬轮椅，接他进屋，格外隆重。旁边人说："身上干干净净的，口水也冇得。"女儿回："都是娘老子招呼打得好。"大家推了舅爷，每间房看一眼。

　　我在厨房帮忙做菜，煎鱼，炒腊肉、熏干的河虾。回来河虾吃过两餐，婶婶炒得太干了，她一个广东人拿这些干巴巴的菜无从下手。小时候我常吃这样的河虾，十七块一斤，奶奶舍得给我买。热油，炒香姜蒜，加小碗水，倒虾，刀身铲起切碎的红辣椒抹进去，盖上锅盖慢慢焖，等水快要干了，再加油炒，不然水气太重不好吃。扣肉和猪脚前晚已经煮好了，叔叔在灶里烧火，扣肉梅干菜，猪脚腊八豆，回锅炒香，另一口锅烧热水，架蒸笼，炒好的菜码在里面，一格一格，不会冷。几个人齐心，菜做得格外快。大家脸上笑嘻嘻的。这边少了碗筷，问奶奶要，她在热水里一个个洗干净，再由我端过来。

舅爷的小孙子放鞭炮，龙凤胎姐姐个子要高很多，弟弟不和其他顽皮的小孩子玩，在开门炮里捡没有炸的小鞭炮，我端了碗，说："不要炸到自己。"他单脚跪在地上，抬起

和叔叔婶婶去湾里拜年。

头,认真地说:"你看,是引线,不会炸。"他笑起来像舅爷。等我炒另一个菜,见他和姐姐走到天井背后看小狗多多的窝,多多从柴堆里蹿出来,两姐弟跳起脚追,并不捉弄多多,那样欢喜。菜摆了两桌,叔叔端出他夏天做的葡萄酒,加了冰糖,喝起来甜丝丝的,很淡很淡的酒味,大家称赞他,叔叔也来了劲,一杯又一杯地倒。

窗外密密整齐的雨水不知什么时候又落了下来。第二天叔叔开车去广东的丈母娘家拜年,山里雾气没有散,奶奶喊我:"伢子,起来吃饭,叔叔他们等下走了。"

菜摆在桌上,叔叔让两个小朋友吃多一碗,唬他们路上没东西吃,又洗了几个苹果装好。他对我说:"冰箱里有新鲜肉,脸盆里的猪肠,缸里的腌鱼,都要做来吃。"车子后座上下铺了被子,叔叔帮他们脱了鞋子,姐姐睡座位,弟弟睡下方。要开九个小时。

不一会,伯母打电话喊我和奶奶去吃饭。进屋拜年,喝过一杯茶,到坝上站了一会儿。细雨霏霏,零零散散过往的车,对岸水边有人钓鱼,显得冷清,然这冷清只是外面。

四伯家新女婿来拜年,鞭炮放了很久,握手,迎了进去。远处炮弹[①]闷头闷脑地响,灶屋上的青烟冒出来,一缕风,像腰一折,矮了一截,又终于飘向更远的天。

---

① 鞭炮。

封子

从前春节走亲访友，要送封子。铺里有现成封子卖，也可买土纸、红纸回来自己捆。两样纸裁一样大小，叠匀，木匠做的四方顺子压下去，折出印子，包橘饼、蜜枣或雪花糕，又裁一溜红纸，敷在面上，麻绳打捆。有的人家还要把麻绳在红纸泡过的水里染红。封子下方上圆，包得规整，五两重的样子，一送一对，去岳母娘家的还要提三斤猪肉，沿肋骨砍下来的一条。收了人家封子，打发毛巾或袜子，带了小孩子的，打发包封，四块钱的包封，寓意四季发财，有的十二块，月月红。人一来，烤烤火，喝喝茶，嗑几粒花生瓜子。一天要走好几户人家，不能久坐，看他们快起身，奶奶赶忙回房数毛巾袜子，她数得慢，对外面喊："哎呀，你们慢些走，莫让我老阿婆追。"她又喊自己儿子："太山伢子，快来快来。"外面人慢悠悠走，说着客气话。打发的东西大家是欢喜要的，春节不能空手而归。

奶奶宠我，收了封子，一个一个打开由我选来吃。多的是橘饼封子，橘饼生吃甜腻，切得一丝一丝泡茶喝，水冲淡甜味，又浸一点桔子皮香气，小孩子喜欢。有的红枣封子，煮肉吃汤都是红的。大块新鲜肉，煮发后理着纹路撕下一小撮，就口汤，很美味。我最欢喜拆到雪花糕，雪花糕有两样，细的脆，大的柔软，咬下去，雪花一样的白沫飞下来，手掌接住，舌头舔，味不甜的，只是那样细碎的东西在舌头上变得松软又转而消失不见，同雪花一样，因此格外喜欢罢了。另一样特别的是蜜枣，我不知道蜜枣怎么来的，比红枣甜，沾手。后来我在齐如山《华北的农村》里读到蜜枣一段，才知道原来蜜枣也是枣，只是这样的大青枣水分糖分都少，趁青摘下来，竹板头上夹几枚针，划枣成纹，之后用糖煮熟晾干，如此三次，最后一次加蜜，因而得名。细看蜜枣，半透明质地，脉络可见，我觉得好看，一直没能忘。

条件好一些后，封子送不出手了，送电视里打广告的营养品，非常精致的硬壳包装，送起来好看，只是喝起来没味。我最喜欢麦片和罐头，叫牛奶麦片，开水泡，奶白色，麦片泡得松软，有股美妙的香味，我从没闻过，喝到最后，是没有融化的白糖，甜滋滋的，我也欢喜。小时候爱吃糖，一个绿色小铁罐，抓把糖在里面带去学校，手指蘸着吃，又甜又咸，手指都吮白了，想起来真是恶心。吃过荔枝罐头、橘子罐头、梨子罐头，唆一块，品一点罐头水，最后水喝完，橘子还黏在玻璃瓶底，仰头，瓶口对着嘴巴，手掌拍，咚咚咚闷响，啊，掉下来了，晃一晃，最后一滴糖水滴在舌头上。我一面吃，一面看动画片，奶奶在房里过身，笑："哎呀，这么大一只老鼠偷东西吃啊。"我鼓着腮帮子，不说话，我晓得奶奶是惯我的。

有年有人来我家拜年，送的一块臭肉，人家不是有心要这样送，大概是转手太多次，没腌过，时间一长就要臭。奶奶不高兴，加上年纪也越来越大，打发东西劳神，湾里其他老人也不想这样费力，到叔叔他们这辈就干脆约好不送东西了。即便要送，也是一个红包递出去，你一百，我一百，一般人家不易承受。村里的菊阿婆喊妯娌到家里吃饭，伯奶奶也去了，吃完非要儿子来接，伯伯到那里，见到老人家，打了包封，回去伯母就跟他吵架，骂："碰哒你娘的鬼，老子早两天给过包封了！"我有些想念从前的封子，礼轻是轻了点，但自己费过心，送出去还有点意思。

我给奶奶打电话，问包封的事，因为不记得怎样捆，捆多重。奶奶在菜园,听我问,她一条一条说给我听,我不知什么是顺子,她讲:"隔几日我让八木匠做一个,你回来就晓得么子样的了。"我说:"小时候封子您都舍得给我吃,是个好嫔驰。"奶奶叹口气:"哎,你小时候早上没一块钱发气①不去读书,我去付凤鸣那里借,讲鸡生蛋卖了钱就还她,没有一块钱,五毛也要得,你还记得不?"我讲:"记得。"

---

① 意为生气。

月亮像是笑着的。

晒鱼

　　学过两年水产养殖，有一年在乡下育苗，挑贝、刷桶、洗池，辛苦不必说，运气不好时一次两次还做不出来，厌烦得要命。厂里工人各有自己的活，不能处处搭手。白天太阳底下跑来跑去，夜里瘫在床上像块敲碎的预制板，作不得用了①。

　　有天早上干活，看见灌木上晾了几条鱼，剖开露出洁净厚实的鱼肉，是食堂大姐晒的。问什么鱼，大姐只会方言，我听不懂，又问好多钱一斤，她讲一天一个价，十几二十块

---

① 意为起不到什么效果了，这里的意思是"什么都干不了"。

都有。我记得投料用的黄鱼，不过三块钱一斤，大姐却讲这鱼晒不得。我喜欢吃鱼，想给父母朋友晒一些，听大姐这样讲，心里又挂着实验，事情就耽搁下来了。

育出来的苗下海没几天，一场台风刮得精光，我不愿意再做这磨人的实验，申请到另一个厂做其他。这个厂能吃饱饭，好几个年轻人，日子过得容易多了。

做饭的大叔姓郑，五十多岁，大肚子。他在厂里话不多，菜买得不好张伯（老板岳父）要说，菜做得太油太咸，技术员们要怨。他年轻时在中山一带做过大排档，大家讲他做菜尽是大排档味，不是家常菜的味道。话是没错，郑叔做菜重油盐，还放黄豆酱，黏糊糊的。我看大家挑他刺，他闷闷不乐，不忍再说什么。人少时，向他讨教红烧肉怎样做。他看我喜欢，就告诉我方法，这样彼此有了一点默契，他见我不吃黄鱼——白水煮，刺多腥味重，吃不惯，问我吃不吃罗非。我说吃。晚上一条两斤的清蒸罗非连汤带汁被我们吃得干干净净，他接连几天都做这道菜。罗非要趁热吃，有晚我干活耽误了半个钟头，郑叔一直等我去饭堂才把热油浇上罗非。平常厂里吃饭不等人，去得晚，鱼肯定没了，我受到这样的优待，心里很感动。

实验做完，已是湛江的冬天，郑叔知道我爱吃干鱼，街上有便宜鱼买，适合晒鱼，问我要不要晒。当然晒！

"你要买多少？"

"一斤干鱼,要多少湿鱼晒呢?"

"十斤晒三斤多点。"

"那买五十斤。"

郑叔骑摩托带我去街上,大的五块不给卖,小的四块五,我买了十斤。

"明天喊朋友帮你去船上收。"郑叔赌气地说。

鱼买回来,在饭堂外面的水龙头下剖。我搬了小马扎坐着,手生,剖得慢,郑叔让我打鳞去尾,他来剖。厂里新来的两个工人过来两趟,说肚子饿。郑叔告诉他们,六点准时开饭。剖完,他赶紧起身去做饭,我继续抠内脏和鳃,然后洗净。

郑叔讲,鱼要晒得好看,得把鱼骨上血丝洗净,不然发黑。这个时节的鱼肥,一层结实的油脂,有些还有金黄的鱼卵,我舍不得去掉,洗得慢。心里盘算着,父母那里寄去五斤,延安两斤,书枝两斤,邓安庆两斤,李水南两斤,他们收到该多高兴。

我想起每年奶奶给在外打工的儿女晒干菜、熏腊鱼,也是这样一点点做出来的。以前不明白为什么要做得这么细致,这会儿忽然明白了似的:为关心的人做事,有种心甘情愿的快乐呀。

洗完,撒一包粗盐拌匀,腌到八点。我回房间躺了一会儿,听见郑叔在外面喊,八点半再洗盐放冰箱——他帮

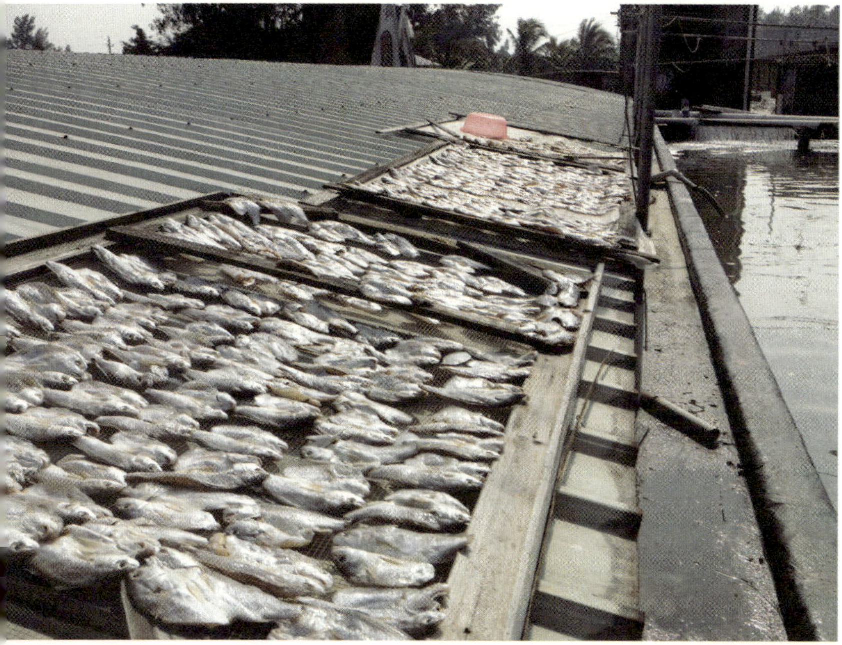
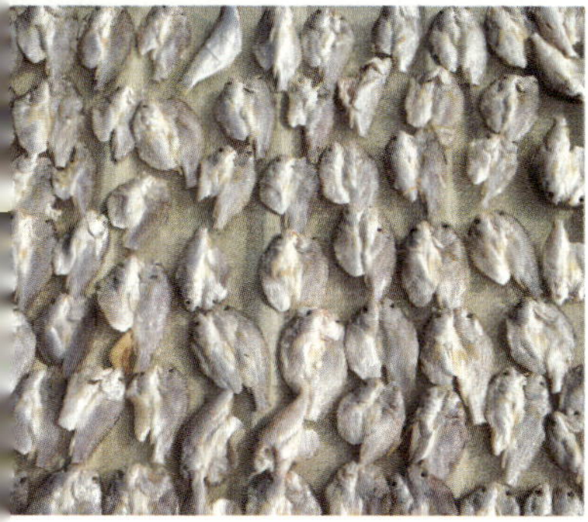
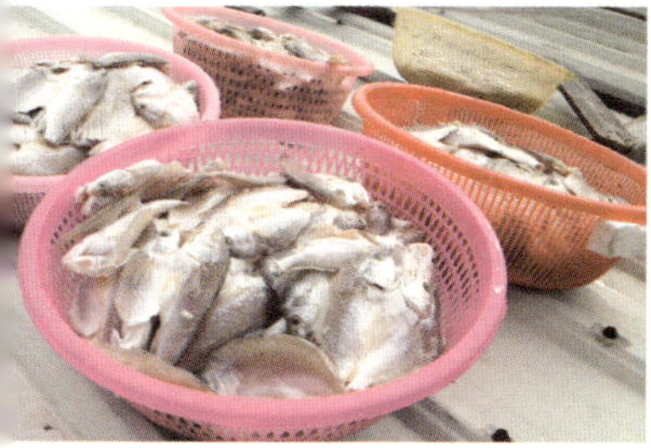
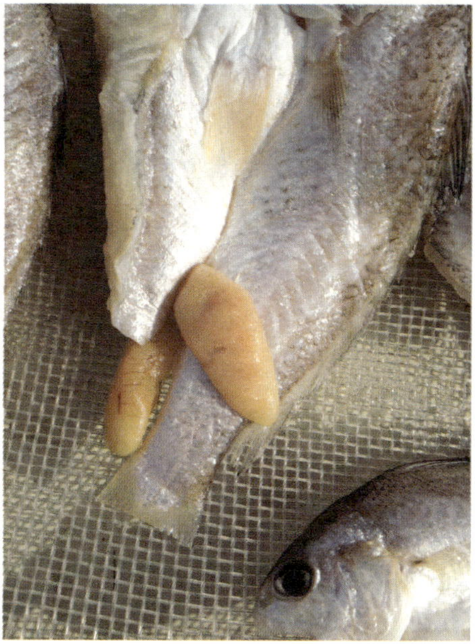

我搅过一次了。

早上郑叔又在外面喊:"敏啊,还不起来,晒鱼了。"我赶紧翻身起床,去饭堂把洗净的鱼从冰箱搬出来,蓄水池顶上有网和折子,把鱼一条一条摊开摆好。郑叔来看,讲我不该摆那么密,又说先要晒背面,这样水滴得快些。太阳从木麻黄后升上来,照在身上,暖融融的,晒到中午,翻一次面,直晒到太阳落山。

收了鱼,吃了饭,郑叔去看戏,喊我一路去。村里搭的戏台,平常冷冷清清,有戏时拉大灯,扯幕布,灯光照在戏服和演员擦过粉的白脸上,一切都是崭新的。老人家搬了椅子规规矩矩坐在戏台下,中年人坐在自己摩托车上,架音响的木板上爬满了小孩子。我俩站在人群中。戏里老头花钱买了漂亮老婆,漂亮老婆不理他,老头发脾气,唱:"我成日扎颈忍让,你偏偏不从。"扎颈这词和我的家乡话一模一样,是憋气到恨不得自己掐自己的脖子的意思。这样站着看完一场戏,走在回去的路上,月光照得地面发白,凉风吹了过去。

晒过两天,鱼已干,郑叔从房里拿出两层的塑料袋帮我扎好,这样不易返潮。我收拾好行李准备走。郑叔说再做个好吃的给我。鸡油煮出来的饭,加鸡蛋一起炒,花生米用刀背压碎,还特地洗了葱,满满一盆,很香。他见我喜欢,匀出一碗让我带回学校吃。

摩托车上，他问我为什么要冬天晒鱼。因为肥，苍蝇少。他点头，说夏天太阳太厉害，鱼肉会晒熟，细菌多，外面看起来好好的，其实里面变质了。又说到他两个儿子，大的三十多，小的和我一样大，都没结婚，在外面做事，不咸不淡。我说我没结婚，父母好着急，但有什么好着急的呢？郑叔没回复，我有点后悔，作长辈的总是为这些事操心，我不再提结婚遥遥无期的话了。看见路边竹子抽条，说说竹笋，看见田那边的苦楝落了树叶，结了果子，悬在高高的枝头，再远是迷蒙的大海，说真好看啊，郑叔点点头。

他把我送到车站，让我上车。我上车，又下车，跑到车站门口，他已经不见了。

姐姐

　　晒谷子的暑假，姐姐①搬了小凳子在地坪，边写作业边守鸡②。她勤快，字写得规矩，不像我，到开学前一夜，几十页的生字，三只笔并排写，复习纸印着写，还是写不完。夏天四点半，冬天不过六点，姐姐起床做饭，带好菜，和老弟到我家门口喊：

　　"满阿婆，少爷起来了吗？"

　　"还有哩，你进屋，再吃碗饭。"

---

① 湖南习俗里一般把堂姐和表姐也叫姐姐。
② 守在谷子的旁边，防止鸡鸭等家禽或者麻雀等来偷吃谷子。

闹钟响过三四次，我在床上翻来覆去，再多十秒，过了十秒，再多三十秒，眯着眼数。听见姐姐喊，眼闭一下就醒了，铺上蹿下来，推开窗。

"姐姐，你当真早，要等我。"

等久了姐姐要发脾气，她怕迟到，迟到罚教室门口站，她脸面薄，经不住同学笑。

姐姐个子不算高，一件黄色外套穿好多年，起了球。有天在张军堂客那里剪头发，剪得脑壳四四方方，没个女孩样，我们笑，她就哭，怨自己的母亲不该逼她剃这样的头。

她母亲骂骂咧咧："还不是为你好，都起色婆子（虱子）哩。"

我们围在姐姐身边，唱："色婆，色婆，三日叫外婆。"

姐姐一抹眼泪："剃了短头发就不得长了。"

她的老弟是个调皮鬼，塘基上抱着自己的姐姐，耍赖皮：

"你们快来撒叶子，我和姐姐结婚了。"

姐姐挣脱不得，我看了气不过，姐姐却还是爱他的老弟。大雨落下来，小小的我们，挤在屋檐底下，雨打在地上，又溅上来，飘湿裤脚，姐姐扯一块大芭蕉叶子，护着老弟往回冲。我站在那里，心里酸，和姐姐亲，总亲不过她的亲老弟。

伯爷去世那年，灶屋照得通亮，厨子做了千张，那时我们不知道这个名字,叫豆腐皮。豆腐皮切丝,煮瘦肉,是时兴菜,姐姐讲:"少爷,你晚饭在我家吃。"

"我中饭这里吃了,晚上还吃不好呢。"

"没事的,没哪个会讲你。你到这里吃,半夜还有腰餐哩。"

腰餐,多么稀奇又好玩的东西!

夜里舞狮子的在地坪,大人守夜,我们三个在铺上,讲鬼话:"伯爷的魂魄还在附近。"仿佛真是看见了,吓得缩进被子里。姐姐胆子大:"爷爷不会害我们,你们莫怕。"

半夜睡了过去,没人吃过腰餐。

姐姐细时跟外婆做伴,我们在副坝耍,天安①黑,姐姐下副坝,走在田埂上,到外婆家过夜。有天早上,姐姐喊外婆,喊不应,摇一摇,摇不醒。哎呀,外婆铁冰的了。

"姐姐,你当真一点不怕?"

"我不怕,外婆待我好。"

姐姐是个好姑娘,学习可不算好,很笨拙地学着。她的老弟拿三好学生,我拿三好学生,姐姐没有,一张油印白纸,名字排得后,默默踩单车往前,我也好为她难过。初中毕业,姐姐去打工,报了电脑班,学打字,打五笔,打得飞快。我暗暗想:"要好好读书,将来给姐姐买很薄

---

① "安",刚刚的意思。

的高级电脑。"

姐姐怎样地打工,怎样地恋爱,她过得快乐不呢?

再见,是她结婚做酒那一日。娘家人新房坐着,打牌,抽烟。姐姐端茶,招呼这个,招呼那个。新电视放武打片,小孩子吵啊闹,为一把糖哭哭啼啼。我坐在角落,看着姐姐,她结婚了,离开我们的桐子湾了。

婶婶跟我讲,起新灶屋那年夏天,姐姐回娘家,帮婶婶做了饭呢。

"做得好不呢?"我想起还没吃过姐姐做的饭。

"好,做得精致,只是有点咸,她婆婆家吃得咸。"

听了高兴,姐姐过得不粗糙。以前,伯伯一家还住桐子湾,老屋没拆,作灶屋,前面新屋挡着,里头乌黑的。老弟烧火,姐姐站在灶旁小凳子上,鸡蛋敲开在盆里,进冷水,拌匀,摊出蓬松的鸡蛋。我记着她握锅铲那个小大人的样子。

去年我在家过年,姐姐也回来,带了女儿。我仿佛有很多话要同她讲,然而什么也讲不出。姐姐嫁人,做一个妈妈,和过去说了再见,只是我原地踏啊踏。她从家门口过,去副坝扯萝卜,依然喊着少爷,这一声少爷多么亲切,我欢喜地出去,看她和一大群人走在一起,晓得那不过是我的错觉。

有天夜里,做了一个梦,梦见姐姐。我们坐在车里,眼前水路漫漫，不知哪里来的这个场景，觉得温暖。然而梦醒来，想起自己依然没有能力为姐姐买一台高级电脑，姐姐也比我更好了呀。不免悲伤地想，我们就像是那天上的风筝，线头在一个地方牵着，而天高路远，风那样大，再听不见彼此的声音了。

怔怔坐着，外面树上一只凄凉的鸟，蟋蟀跳进屋里，在哪个角落尖锐地叫。

姐姐和她女儿在大坝上。

兵哥

薄云过境，蓄一场雨。乌云与落日相持，是难得的好天气。料想河边的山，山间的云，已是藏青一片，背了相机往外走。回来碰到兵哥，我不晓得他在这么近的"附近"做事。先前在乡下，也是黄昏，我在大坝散步，他一人站屋门口，问我吃饭没有。如今在离家乡几千里外的马路，他喊我，说两句闲话，恍恍惚惚像一场梦。

兵哥十七八岁，是快活的小伙子，说话带笑，裤间垂一摞钥匙，走起路来撞得响。村口同族一个瘸腿兄弟开南杂店①，他帮忙杀猪，师傅是几字落②的党伯。党伯不收师傅钱，提一副小肠或一对猪脚，吃得肚子弥勒佛一样大。

兵哥（右一）买了吃的回厂里。

　　兵哥的杀猪生意有了起色，又和谭四女儿谈起恋爱，眼下尽是快乐日子。谭四女儿读过高中，兵哥小学不毕业，谭四看不起兵哥，一口咬定兵哥强奸了他的女儿，夜里来人抓走兵哥。一坐三年的牢，被人打，得了奇怪的病，回来消瘦模样。

　　他发病我撞见过一次，堂屋门口说着话，他忽然倒地抽搐，口吐白沫，等站起来，两眼失神，中邪似的。我喊兵哥，他问："你是哪个？"自顾自往外走，像是要找什么。我扶着他，走副坝，转头，到干冲子田塍③，忽然咒语解除，清醒地问："咦，我怎么在这里？"看过很多医师，一剂又一剂的中药，好一阵，坏一阵。哥哥在外面打公路，他去做小工。有天摩托车上发病，车倒，人也摔了，幸好没摔伤哪里，家里不敢再让他出去。

有人介绍对象，一个小时候掉到井里吓得精神有毛病的姑娘，媒人说能吃能走还能生孩子，可以结婚。兵哥知道依自己条件不好讨堂客，可年轻时也是长得好看的，有一点心气，不要这姑娘。郁结的心，无人诉说。

有天我在副坝，他说："我的心里全是仇恨，恨不得拿刀砍死谭四，我这一世他毁的。"我讲："你心里不要那么大怨恨，事已至此，你把谭四砍死，你的爸爸怎么办呢？要情愿身边关心你的人去④。"我年纪小，空口白谈几句，心里没底，然而兵哥显得高兴，他大概确实没想过仇恨以外的生活。

我每趟回家，先问一问奶奶兵哥怎么样。奶奶摇头，兵哥还是发病。财伯作⑤烟，种田，兵哥在家里做饭。置一张麻将桌子，闲暇时候几字落、围子湾的人到他家打麻将，每天收几十块桌子钱。兵哥想留点钱，财伯转手就在牌桌上输掉了。我听了这些心里难过。吃过夜饭，走到副坝跟兵哥打声招呼，我那时在外面做着一份不咸不淡的工作，日子苦闷，兵哥见了我高兴："哎呀，你回来了，家里好耍不呢？"我说："还行，你呢？"他勉强笑一笑。直到去年过年，奶奶说兵哥做了手术，在离我爸妈不远的地方做事。我跟爸爸打电话，爸爸说过年喊兵哥吃饭。我说："好好好，喊喊。"后来兵哥没有来，爸爸说他夜里上班，白天要睡觉。我以为是离得远难得走路。结果这次马路上就撞到了。

晚上去兵哥那里坐，他在一家螺丝厂守夜。小厂，白天七八个人做事，有人来他就去睡。夜里坐在院子用手机看电影，这两天搜不到信号，他正发愁。我讲到路由器附近试试，还是不行，网上说恢复出厂设置也许可以，这得回家用电脑先备份资料，不过夜里他要用手机看小说，我就讲明晚早点再拿。

坐在厂里的小院子说话，说起立四阿公。兵哥做手术回来，立四阿公看他，送100块钱。后来立四阿公病了，兵哥去看他，也送100，立四阿公立四阿婆就生气，不要他的，他们知道兵哥是困难时期。立四阿公今年春节走的，想起路上看见他，他砍柴，听见喊，直腰笑一笑。病了躺在床上，还在担心园里的土没挖。兵哥又讲我爸爸，有次别人喊兵哥打牌，爸爸就劝："你不要打，打一次停不得手。"兵哥说："不是关心我怎么说这些呢。"爸爸是个牌鬼，晓得打牌不好，他不愿意别人重蹈覆辙。我跟爸爸在一起的时间很少很少，性格却是一样，我真是他儿子啊。厂外很矮的围墙，天上月亮快圆了，薄薄的云从底下很快飞过去，凉快的风。

薄云过境。

第二晚去，兵哥坐在院子看小说，见我来了，欢喜得不得了："手机我们哪里懂，还是你们年轻的会。"我把手机拿回家，左试右试，试不好，没辙，原样拿回去，他满怀期待起身开门，见我摇头，说买个新的好了。我问哪里买，他讲市场。市场我不放心，早两天我装作不懂手机的在店里转，几百块的手机冒充牌子货卖2000多，夸得神乎其神。兵哥说你陪我去，可市场手机总不如网上便宜。他听我有办法，而且今天买隔天能到，一定托我买。他身上有1000多块钱，我说几百块钱的也够用，用一年没问题的。他像个小孩子，高兴地听我说着。当保安，最怕是无聊。

　　白天在网上买好，夜里去告诉他。不知怎么说起他的心事，他早段谈了恋爱，不太顺利。我问，她喜欢你什么呢？兵哥说："有年冬天骑摩托车去青山桥看她，几十公里的路，冻得耳朵都要掉了，在外面看了会儿戏，她挺高兴，可能觉得我是个可以吃苦的人。"又问："怎么不谈了呢？"兵哥觉得自己一点本事没有，怕要辜负对方。我讲："一个女人要的不就是你几句寒暄的话。你怎么是没有本事！一不靠父母，二不坑蒙拐骗，一个自力更生的人，是可以受尊敬的。"我又劝："你不一定想到结婚那么远，她是个寂寞的人，你是个寂寞的人，彼此有好感，即便不能做恋人，朋友总是可以的。"兵哥茅塞顿开一样，长长舒口气。他说："今晚就上微信跟她说几句话。"

一只乌龟快爬出大门,兵哥走过去把它搬回来。原先养的人走了,舍不得吃,留给兵哥。兵哥说白天放桶里,晚上拿出来让它透一透气。他快活起来了,端着乌龟,嘻嘻哈哈对我说:"你看,我还是细家伙(小孩子)一样的。"

---

① "南杂店",杂货店。
② "几字落"为地名。
③ "干冲子田塍"为地名。
④ 湖南方言,你更应该在意的是那些关心你的那些人的感受。
⑤ "作","种"的意思。

可是，生活怎么会停得下来呢？和每一天的自己说再见。

多多

　　寒假回家看见多多，它来家里不久，是叔叔路上捡的。冬天冷，小孩子伏在桌上写作业，铺一张桌布，底下电火烤着，多多钻进去，头搭在我布拖鞋上。我掀开一角，它眼汪汪看着，我的脚动一下，它把头挪一挪，下巴卡在脚背处，有讨人喜欢的本事。

　　出太阳的早上，叔叔劈柴，喊我搬回灶屋，多多围在边上看。叔叔把柴一段一段竖好，劈下去，多多吓得往后退两步。有段劈出虫，我不敢捡。老婶听见，放下手里的电视剧，欢喜地说："呀，虫，拿盐烤，我吃！"叔叔眼睛鼓得溜圆："你要吃就吃，莫到外面讲，不然别个以为我不给你东西吃。"婶婶捏了虫往灶屋走,多多一跳一跳跟着,好像它也愿意吃一样。

叔叔在天井边用纸箱子搭了一个窝,晚上洗完脚,柴灶里火星渐渐隐去,我们起身,多多才回窝里睡觉。有的夜里我做了伤心的梦,醒来,听见公鸡打鸣,一趟飞机飞过去,多多叫两句,一个多月它还是两个巴掌大,连叫声也带了稚气的柔弱。

初二叔叔带一家人去广东岳母家拜年,我和奶奶在屋里。胜叔来问奶奶要湿梅菜,奶奶去坛里拿。我泡茶,端了吃的,烧火。奶奶问:"还有条鱼,你帮忙带给东山伢子要得不?"昨天叔叔才拖了一车腊味过去,一条腌鱼也要带,干脆把整个家都搬过去好了。

我冲奶奶发了脾气,心里不舒服。小的时候担心父母要离开我,好不容易摆脱对父母的依赖,如今又担心奶奶哪天会离开我。寒假我哪里都不去,然而在家又动不动发她脾气。

夜里奶奶在床上看电视,我上楼前在她房里站一会儿,古装戏,我问:"奶奶,你看得懂不?"她笑笑:"看得不是很懂,有些也看得懂。"我的心里温暖,又是怅然,我离开奶奶太久,我不在她的身边了。这样坐着想啊想,眼泪忍不住掉了下来,多多原本趴在火边,这时往我身上靠一靠,站起来,背拉得直,打一个长长的哈欠,我摸摸它,它驯服地低下头。

寒假结束,我嘱咐奶奶不要打多多,吃的方面也不要亏它。奶奶说这么乖一条狗,不会打。

再见多多,是毕业找好工作要回家办证明。多多长大了,怯生生望我,我蹲下身,它试探着靠近,我摸摸它的耳朵和额头,它身上淋了雨,湿漉漉的,几个脏东西结成球,我帮忙撇下来,它顺从地把头又靠近些,大概是认出我了。

黄昏去副坝,多多遇见旭满家的小黄狗,它俩个头差不多,草里钻进钻出。玩疲了,到我脚边蹭一蹭,我弯腰敲它的脑壳,小黄狗在旁边眼巴巴看着。

打转身①,从财伯门前过,财伯家白狗两个多多大,多多蹦蹦跳跳,还上前抓它两下脸,大狗不还手。

走到前面竹子下,回头看,大狗还站在地坪边边看我们。财伯在田里扯草,天要黑了,灯也不亮,大狗真是寂寞啊。

多多黏人,我去宋老师家那天,天正下雨,我撑了伞,不想多多跟了过来。还在屋后的垅上,我赶它,它偏了头望,我跺脚,伸手架势要揍它,它两腿一拔往回撤。拐一个弯,它还在后面跟着。我停脚,它也停脚,总在离我不远的地方。到正坝,雨下得越发大了,它没有要回去

---

① 返回、往回走的意思。

小狗多多。

的意思，我蹲下身，招它过来，说："来吧，小家伙，不要淋雨了。"它听不懂，不敢往前，雨浇透它的毛发，瘦瘦的，像做了错事的小孩子。

婶婶对多多也好，见它身上脏，桶里打好温水给它洗澡。我捉多多两只前脚，它倒不慌，由我们洗。婶婶用洗衣粉，我讲洗衣粉洗了粗糙，下次要用沐浴露。洗到一半多多开始扭起来，我怕它咬，松开手，它像只兔子逃开了，在地坪上左蹦右蹦，那样滑稽的模样。担心洗衣粉刺激，我们骗它拢来冲干净，然而它再不来了。婶婶讲它记性好，要过几天才没有防备心。

奶奶去体检那天，是晴天，我被锁在门外。多多趴在窗户下，又糊了一身黑色小东西，我帮它理。脖子下几个大概粘了很久，扯得它痛，换好几个姿势才终于揉了出来，它抖索抖索，浑身畅快。

过完端午要出去了，下大雨，一屋的人，我心里挂了事，走的时候没有和多多打招呼，想着家里那么多人它会很好。

到广州第二天，下午去医院拿体检报告，看见婶婶发来的消息，她去王家冲喝丧事酒，多多跟在后面，在几字落上坡的地方被车撞死了。婶婶说是自己的错。我宽慰婶婶不要伤心，缘分只有这样深。

然而当我关了手机，站在轰隆隆的地铁里，周围满是陌生面孔，想起多多的眼睛，我们就像是宇宙里一颗微小的尘埃，把头埋在一只手臂上哭了起来。

家伟

　　中午焖了腐竹，姐姐却不能回来。我装一盒饭让外甥家伟送过去。"为什么要我送？""给妈妈送饭要问为什么？"我妈在旁边插嘴："去送，回来奖赏你。"我说："给妈妈送饭要什么奖赏，等下承诺还不一定兑现。"家伟提了饭出去，舅妈在门口千叮咛万嘱咐："唔要乱跑打碎碗。"然后对我感叹："乡里孩子懂事早得多哩。"我说："晚一点不要紧，能懂事就好了。"

　　来的那晚，姐姐正拿棍子打他，舅妈丢了两百块钱。关在房里打，姐姐火气很大："你又偷钱，为什么要偷钱。"家伟不出声，只听见棍子落在小腿清脆的声音。没有哭，痛得受不了才喊一句好痛唔要再打了。姐姐说:"识痛就唔要偷钱,偷钱迟早坐监,我管不住你,去报警。"这时家伟哭出声,支支吾吾抖出是买了模型和风扇。

两年前来,姐姐也在打他,那次是拿八达通①乱买东西。

我见家伟次数不多,对他的了解几乎都是姐姐电话里的抱怨。姐姐年轻时候来香港,吃过不少苦才有现在的条件,她希望家伟当医生、当律师,大概是这几个行当在香港特别挣钱。然而舅妈宠得厉害,家伟不刻苦。那晚姐姐打完他回自己住处,家伟端一碗饭,一只脚杵着厨房案板,仿佛什么事情都没发生一样。

舅舅不学白话,无法和人沟通,成日窝在沙发里,喊这里痛那里痛,说自己会死。我想起外公老的时候也是这样,在床上唉声叹气。舅舅对小孩讲话常常是非常糟糕的语气,"不听话的畜生"也说得出口。

姐姐让我跟家伟说一说要努力的话,我实在讲不出来。

舅舅的臆想症似乎越来越严重,手机来电没声音,怨舅妈、怨家伟,可其实没人知道他密码。我在电脑上帮他刷机,弄好声音,装了他要的软件。他躺在沙发看《九妹》、宁乡花鼓戏之类几十年前的东西。他盼望着回去,说湖南好哇,逢年过节女婿提酒提肉上门。舅妈臭他:

---

① 八达通,香港的一种金融卡,可以坐车,可以购物。

"在先也冇看你提酒提肉到我娘屋里去。"早上舅妈做了吃的,他要瞧一瞧其他人碗里,生怕不好吃的留给他。半夜手机摇一摇,摇到四五十岁女的诉苦,他听成真的,可怜别人。家伟看见照片,对舅妈讲:"阿噢,爷爷在拍拖。"舅妈脾气好,讲清才敢帮他删掉这些人。这次打定主意要回湖南,半个月前微信、电话上认得的不认得的告诉一遍,人家让他带药、带面膜。舅舅自己不去,要舅妈买。买了,对方五毛钱的汇率差要计较,让舅妈按几个月前的折扣买,更不用说假装忘记给钱这样的事了。舅舅没有自己,女儿对他说话不恭敬,他要从这些无关紧要的人身上获得认同感,是很可怜的。

以前舅舅家里穷,村里人欺负他们,田里土里事情要占他的便宜,舅妈要强,挽起袖子骂他们娘。舅妈念,嫁到喻家湾造孽,坐月子鸡蛋没吃一个,陈芝麻烂谷子如今还在念。她没喊过我外婆妈妈,喊老阿婆,怨外婆偏袒小儿子。舅妈一脸凶相,我小时候去她家里战战兢兢。

然而就是这样一个悍妇,有天跟姐姐吵架,吵到离家出走,在海边公园待过一夜,还是服女儿软回来了。姐姐讲她笨,她争①,"和县政府太太们去泰国,她们什么都不懂问我呢!"然而舅妈怎么会知道,这些县政府的太太们

---

① 好强的意思。

装不懂，不过是让舅妈买单呢？舅妈娘家弟弟们没一个争气，伸手问姐姐要钱，他们的孙子入不了户，舅妈求太太们帮忙。用姐姐的钱做人情转手给娘家人，姐姐怎么会有好语气呢？

现在的舅妈少了很多戾气，微信上看养生文章，伏天不准吃冷饮，炖这个汤那个汤，清热化痰，一日三餐服侍周到。

姐姐上班前嘱咐家伟白天写作业，家伟看电视，舅妈象征喊一句，跟我说："家伟成绩其实算不错，你姐姐要求过分了。"

姐姐不在家，真的家伟出现了。不给电视看，沙发上跳，地上打滚，屋顶都要掀翻了，舅舅舅妈只好由他。我不想理，倒在沙发里睡。

大人们出去以后，他吃完冰箱里大碟芒果，不知看了多久电视，他喊我起来："舅父，我想食炒饭。""可是晚上不是要出去吃寿司？"我侧过身，听见厨房水声，我起来，说："舅父来做。""我识做。""我知，但舅父可以教你做得更好，以后你都可以照顾好自己。"

我在家伟这个年纪开始做饭，酱油炒饭。爸妈不在家，奶奶忙田里的活，放学回来要自己动手才不会饿。

家伟吃饭的时候，我问："你想长大吗？""我不想。""长大不好吗？长大可以独立，没人再打你

福田的夜空。

文了。鼓起勇气又发了条消息：下午是不是可能安排面试呢？对方说不。

　　这时羊角来了，书包里两盒菜放到她手上。她的脸不如先前白净，穿得也差了些。我讲："你去上班，我不吃饭了，菜要放冰箱，晚上煮饭热一热。"正说再见，电话响了，人事部小姑娘问是不是还没走，老板得空了。这下好，心头愁云拨开，嘱咐羊角留一个小时，晚点和我吃饭，我先去面试。

面试很顺利，我会英文，有基地实习经验。

签证下来前，在公司实习，三房一厅的住处，会计夫妇一间，老余一间。老余是我上司，一个六十多岁的老头。第一周公司派他带我去烟台看金枪鱼，住一起，他在四点多醒来，感觉过了漫长的很久，他又醒来了，不过六点。他说外面修路太吵。

白天在加工厂，老余教船长们如何标准地冰冻金枪鱼。回来他说要写个报告。我问："我写吗？"他说："你写行，我写也行。"我问："有模版不呢？"他说要什么模版，把他说过的话写一下就好了。我一下懵了，当时忙着拍照，那么多话怎么记得全。以为他要骂我，却只是笑着说："那我来写嘛。"

他去洗澡，我还是写了出来，念给他听，他笑眯眯地夸我："你第一天接触，写成这样很不错，重点突出，行文流畅。"

我问老余："你那么长时间在外面做事，你的孩子很少跟你在一起吗？"他说："是啊，就是不停给钱。"这天他的股票跌了很多，他的情绪一下不对了，下午去冷藏厂时心事重重的样子。

货柜没来，老余不去办公室，在外面石阶上坐着不出声。我坐在旁边，看天上飞机，院子里向日葵以及没能成活眼见奶奶被人欺负,我才忽然有了要争一口气的力量。而你们几个好好的,钱也有,吵架一个比一个厉害,家伟哪里会懂要努力呢?"

我妈在一旁听着,眼眶红了。

夏夜

昏暗无边的五月快结束时，终于接到一个面试通知，离羊角上班不远的地方。那天六点起来，炒一样大肠、一样腊肉带过去。她有段时间吃不到湖南菜了。

我到公司门口，撞见前来闹事的家属，原来一艘船失联，男的拉横幅，老的号啕大哭。我慌了张："如果我的妈妈这样哭，怎么对得起她？"人事部小姑娘看我退缩，说老板忙着处理事情，只能下次面试了。

我失神，走到书城，等很久，羊角没有来。

我不甘心，对公司来讲，我只是一个面试者，没有我，明天再招一个。而我喜欢这份工作，我不想回头教英了。""不会的,他们不会的。"说完这两句,又专心看电视了。

夜里在姐姐店里做了护理回来,姐姐问要怎样才能教好家伟。我想起维维。

维维不写作业,老师投诉到叔叔那里,叔叔暴跳如雷,打了他一顿,下午婶婶接着念叨。

我跟婶婶讲,读书不一定要拿第一第二,但作业不能不写。刘维吃软不吃硬,打他骂他没有用。

当他听到我讲,这几天他的爸爸在外面挣钱,吃不好睡不好,维维的眼泪就流了出来。

晚上,他来我房间,外面正打雷,我躺着想一些事,心里觉得难过,做父母是一件非常非常难的事,很多人都不会的啊。在这样糟糕的成长环境里,要长成一个有责任心、有意思、快乐的人,纯靠运气。

我问他:"作业还差多少?""语文差一遍生词,数学两页,英语没有动。"

我说:"做小朋友真是烦人,写不完的作业,哥哥小时候也讨厌写,可是又担心老师在奶奶面前讲,就还是努力去写。"

我问:"知道爸爸为什么打你吗?"他摇头。

我说:"爷爷去世得早,你的爸爸十五岁去广东打工,学这个学那个,后面介绍工作给伯伯、伯母、姑姑、姑爸，多么了不起，我一直都崇拜你的爸爸。他十五岁的时候背井离乡，知道生活的苦，拼了命为你提供很好的读书环境，他努力可以养你到十岁二十岁甚至三十岁，可是爸爸老了呢？哥哥读书不认真，到二十七岁才毕业，现在才要去很远的地方工作，要离开奶奶，以后没有人再关心我了。你如果读书好一点，在家门口找到工作，就可以照顾好爸爸妈妈。哥哥要出去很久很久，这些话只能和你讲一次。你是一个十岁的小朋友，跟你讲这些残忍的话，哥哥很伤心。好啦，不要哭了，把眼泪抹干，不要让爸爸妈妈知道了。哥哥说过的话也不要告诉他们，是我们之间的秘密好不好？"

第二天六点钟，维维起床写完了作业。

早几天放暑假，婶婶去接他，老师表扬维维自觉了很多。维维电话里跟我说两句话："哥哥，你现在哪里？"我说还在深圳。他说着说着忽然带了哭腔，我说："维维不要担心哥哥，哥哥现在工作很好。"

我把这些事情说给姐姐听，姐姐说，不知道家伟的弱点在哪里。我虽然也不知道，但知道这样的家庭环境，大人们从不反省自己，凡事挑剔别人，小孩子都会学会的。而我不能说出这样大逆不道的话。

等电梯的时候，我对舅妈和姐姐说："我小时候和家伟一样调皮，懒，顶嘴，后面知道要努力一点，是因为亲的马尾松。月亮很早出来了，太阳落下去，卸鱼台上人影拉得越来越长。

回来时天完全黑了，找到一家排骨米饭，一人两块，炖得烂。我问老余，要不要多吃我那一块，他说不要。默不作声走回来，继续闷头看股票。

烟台回来后，老余待我客气了些，叫我小家伙。我开始恭敬地喊余经理，后面学其他人喊老余。有天早上我煎蛋煮面，煎得最好那个给他。会计说好吃，他嫌弃鸡蛋有一面没煎熟。

老余厦门人，一点辣椒不吃，夜里做饭，我问荷包蛋打汤好不好？他说随便。小时候舅爷来，奶奶打荷包蛋，印象里是老人家喜欢的菜。

我第一天打腐竹蛋汤，明明刚好的咸味，他说咸得吃不下，我做菜就放非常少的盐。

周末他切鸭子，我问大师下厨？他说屁的大厨，他在家里从不做饭，老婆一日三餐服侍得体贴。我说那还是我来做，腐竹焖鸭子。大家说好吃，他挑三拣四说腐竹太硬（非要夹那一两块硬的），我说好好好，下次提前泡发。

同学给我一块腊肉，我炒给会计吃，老余要试，刚放到嘴边就吐出来，像个挑食的小孩子。然而我还是容忍，毕竟是六十多岁的老人家，饮食习惯哪里容易改。

听起来可恶的人，然而老板告诉他，隔壁部门要我去塞班做几天的翻译，他问是让我换部门还是借用。老板走了，他低声跟我说，不要去，他们不挣钱的。

　　有时他心情好，我说两句玩笑话逗他笑，他说我们才认识几天，有那么熟吗？却又自顾自说起从前当船长的事。他早上还是四点多醒来，坐在床上，我睡地上，问他，睡醒了？他说是啊。

　　后来老余去舟山出差，我正好发了胖，夜里不再回去做饭，去图书馆坐，重新看《受戒》。

　　明子画栀子，画腊梅，样样画得像。大妈抱着他的和尚头，问，你做我干儿子好不？小英子高兴得直拍手。两个人踩荸荠，小英子光脚踩明子的脚背。上了岸，地上软的脚板印扰乱小和尚的心。

　　看到这，心里忽然变得柔软，毕业后忙着找工作，入职后和各处周旋磨合，能再有这样的心情，便感到十分地珍惜。想起两年前离开喜欢的人去湛江读书。人生地不熟，只认得招待所一个大姐。我在市区找到一份兼职，她请我吃饭，我发了钱，买大盒牛杂，她不吃，客人退房，她换被套，让我吹空调。过了一年，我从乡下做实验回来，去招待所，她不在，同事说她回延安照顾生病的父亲了。我有次问她："你老是打牌，你小孩生气吗？我就不喜欢我爸爸打牌。"大姐手里被子一放："他们气什么，我又不拿他们钱打！"

少爷水手

有天凌晨,老余电话响,是海上打来的卫星电话。船长说,印尼船员打了我们的人,听语气像犯了错的小孩子,委屈讲着事情原委。然而老余哪里听得进去,扯开嗓门质问:"你怎么当的船长,自己人被印尼人欺负?"气呼呼挂了电话,又骂了句"他妈的。"我在他房间打地铺,坐起身,扯回跑偏的席子,小心翼翼问:"怎么了?"老余怒气还没消,说:"现在这些船长真没用,我要在船上轮得到别人欺负我们?不把他们打死?但如今又讲不得这句话。"我忍不住笑:"你都六十多岁了,为什么还像个暴躁的年轻人?"老余这时才收起一点脾气,说:"哦?这哪里算暴躁。"

我那时才进渔业公司,不了解海上的事,只是本能地觉得辛苦和寂寞。上船前,我和老余待了一个月,他担心我,认为我过于柔弱天真。有天夜里,在楼下公园散步,他又一而再再而三地讲,海上捕鱼如何辛苦,坐船多么遭罪。其实在这之前,我已经花了很长时间去接受这样一个悲惨的设定,我忽然不想再听,说:"总归是有好玩的事情对不对?比如海上星星一定很好看吧。"老余一听,带着鄙夷的语气:"还有心情看星星,狂风暴雨够你受的。"后来有人过来吃饭,要喝酒,我不会,摆手推辞。那人一副不可思议的表情看着我:"船员不讲道理的,喝酒才听你的话,你不喝,怎么和他们打交道?"这时老余又拿我海上星星的事说笑。我只好低头闷声吃饭。

没料到出发前一天崴了脚,医生说轻微骨裂。打石膏在家休养一个月,这时渔船即将进港转载,我没时间再上船,直接飞了过来。

中秋那天,临近黄昏,开车去船上吃饭,月亮正挂在远远的天上,然而还是好大好亮。

船长和大副招待我们,其他人在一楼厨房,地方实在太小了。桌子上有黄牛肉、鱿鱼,白天我们买过去的鹦鹉鱼。黄牛肉从国内带来,牛肉味很重,不知怎么做的,连着透明那一块也好吃。大家敬酒,我试着喝一点,两杯啤酒没完,

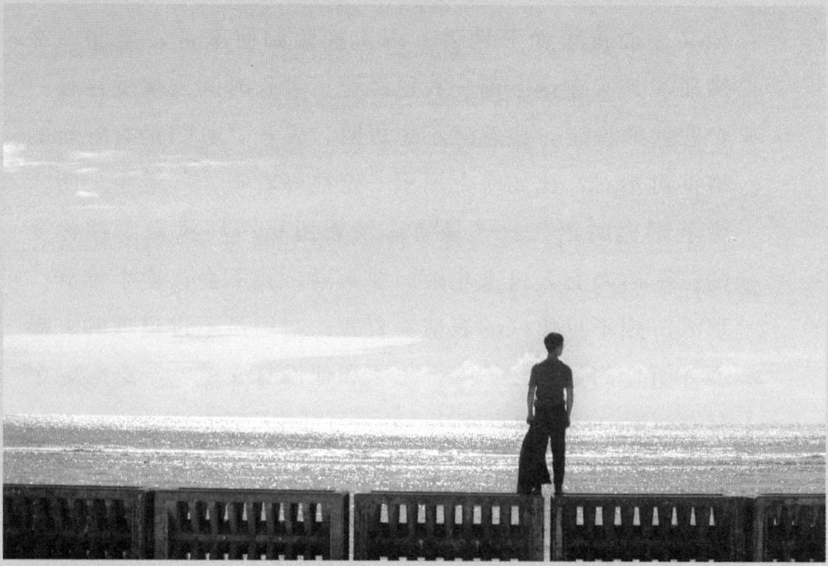

在岛上

想啊想，去看看羊角吧，她九点下班！走到她们前台问，没想到羊角正在和学生讲话，她扯我到外面："你怎么招呼不打就来了？"我说："以为你这会儿上课呢。""我下班都九点了，不能去哪儿啊。""不去哪儿，买杯奶茶给你喝就好了。"

我在中心书城的台阶一面等，一面手机写几句话。写完，她来了。去买奶茶，羊角自嘲道："你信不信？我很久不喝奶茶了，喝不起。"她才来深圳时，爸爸给了几万块钱，每天一杯星巴克，后面发现工资根本不够用，但实在没脸再问家里要钱。我说："难怪你现在气色差，再看看你凉鞋，一点有钱人的样子没有。"

送她坐车，没想到是我们公司楼下的站台。羊角感叹，一年前我讲的话，她能明白了些。我很高兴："你看，出来闯一闯会有长进，不要事事靠爸爸。"羊角讲起早段时间回去，打开家门一刹那眼泪哗地涌了出来："明明有舒服日子过，为什么委屈自己出来吃苦？"

这天晚上我们聊得很好，第二晚又在公司楼下等。零星几滴雨，她外套罩在头上走过来，看见我并没有高兴。我说："我刚干完活下来，不是故意等的。"她放心了，说了句"哦"，又说饿，然而附近都是写字楼，我不知道哪里买吃的。

娜姐去欧洲参加朋友婚礼，连丢几单翻译给我，周末赶两天，不过才完成一单。夜里头痛，坐在楼下草坪。天上云低，飞得快，月亮在楼顶，忍不住打羊角电话："羊角，我接了翻译，有钱，请你吃鱼好不好？"没想到她说好。

鱼一吃就是两次，羊角喜欢，还说了很多话。

我的翻译没完，工作日早上七点起来翻两个小时，下班继续。翻得累了，想起书包里有块蛋糕，不晓得羊角饿不饿呢？又问她是不是九点下班？她说是的。我书包一收，跑去等她。

站台晚归的人，低头看手机，我俩坐着有一句没一句地聊，像两个高中生，整片福田的夜空仿佛因此热闹了些。

我心里欢喜，打起飞脚去买两罐酒，没想到还看见羊角爱吃的手工饼。（去年我寄给她晒干的海鱼，在校门口随便买的一筒，羊角一直念好吃。）

我们碰杯，我说下个月出国，再见是两年以后，你要照顾好自己。

天空云飘着，一处蜘蛛网，灯照在樟树一角。

羊角说："离开这里，扎进平常生活，会忘记这个夜晚，像一场梦。"

是啊，像一场少年的梦，再见了，羊角。

身上烫得厉害，头痛欲裂，起身去驾驶舱前吹风。

冷的风，几个印尼船员在下面抽烟。我问，你们吃饱了吗？其中一个会英文，他说吃饱了。今天他们每人发了一瓶啤酒、一罐可乐，很满意的样子。大副说因为地方小，把他们留在一楼吃饭不好，平常天气好，大家把菜端在甲板一起吃。船长也夸这几个印尼船员做事认真听话。我问他们名字，一个安迪，一个拉阔，一个阿迪。

阿迪年纪稍大，他问我是不是知道他们薪水的事，代理太坏了，每个月抽掉不少钱。这事我知道一点，但不敢说。白天有当地人到我们住处，看见车顶晒的海参，问怎么吃。我多讲几句，进屋就被骂了，说不该多嘴，"要是'土人'找麻烦怎么办呢？外交无小事。"其中一位上司提醒道。我只好对阿迪撒谎，说自己不是会计，不了解他们工资。阿迪理解我，问我公司网址，他说做完这个合同期，直接和公司联系。

说真的，我特别想帮他，船上做事那么辛苦，希望他们可以多得一点钱。然而还是找了借口推辞。心想要先去请示上司。上司不同意，我把网址写在纸条上，偷偷塞给他。不过人心隔着那么远，到底还是害怕。我太心软，心软的人最容易坏事。想啊想，觉得难受。我问阿迪，有没有去街上走走？他说去了，可是银行关门，身上的美金没换成，就没买东西。他问我有没有钱换，我有八十块纽币，按1∶1.5的汇率全换给他了。而菲律宾来的同事白天在超市遇到老乡，那人按1：1的汇率给他换的！

后来趴在船舷吐完，稍微舒服些，回来趴在床上睡过去，醒来是凌晨四点，外面呼呼的风刮着。

来不及想家，船接二连三进港了。董哥教我如何报关，如何与当地各部门沟通。

到夜里，船上说有人生病了。生病的正是阿迪，大概白天鱼舱待得太久，那里面零下五十多度，水手们穿很厚的棉衣，三双长筒袜，嘴巴鼻子遮得严严实实，额头发梢和眉毛结了白色的霜，只剩下昏暗灯光下一双黑眼珠。我进去一会，寒气长驱直入，匆忙又跳了出来。

这时阿迪坐在厨房长凳，眉毛聚在一起。我探探他的额头，很烫，问他还有没有衣服穿，他说有，我让他多穿一件。去医院路上，他问我有没有脸书，说以后到印尼可以住他家。医生开药，让他休息两天。第二天我又见他穿好棉衣，准备进鱼舱工作。我问他，今天怎么样？他脸上有了血色，说差不多好了。我说你不要那么拼命工作。他冲我笑一笑，拍拍胸脯进舱了。

不一会儿，另一艘船又喊有三个水手要去看医生。医院方面的事我差不多清楚了，这次由我开车带他们去。路上年纪大的那个打探我薪水，说如今研究生一点用没有。我装作不服气的样子争了几句，心想之前老余讲船员的话不是都蛮对。

正沮丧，小的那个说话了，噼里啪啦一长串惹怒了

傍晚时分的潟湖。

养黑珍珠的老李

去学校找王老师,她正在教室,是熟悉的场景,从前我在培训学校也是这样准备PPT。王老师穿得体面,一副教书人样子,中文教室挂着红色中国结以及大灯笼。我羡慕她站在讲台,仿佛那样的日子再不会有了。见她要上课,匆匆说了几句话出来。

这时一辆摩托从身边经过,后座那个人扭过头看我,是中国人吧?我挥手喊,他折回来,原来是老李。

他们两兄弟之前在这养黑珍珠,后来老板不给钱,到我们住处,请董哥帮忙写律师信,送一只清理好的野鸡。现在钱快付清,再过两个礼拜回去。

到他说："大哥，谢谢你啊。明天我们就走了。"这声谢谢让我心软了。

他自顾自说起话来："如果不是答应过我妈，我今天就不干了。你不知道以前在台湾船，老板多喜欢我，问我要什么，我说烟，他就给两万块台币，算仁义吧。可我妈欠了赌债，她让我跟老何出来捕金枪。我们福建人讲信用，欠债还钱，三年还清，他们可不能来硬的，不然鱼死网破。"我问："你是不是得罪老何了？"

他一听急了，说："船上的事我哪样偷过懒，但不能平白无故冤枉我。你老何当着印尼船员骂我祖宗，好啊，你骂，我知道你杀鸡儆猴。可我做得不对的地方，不能私下讲？这样弄得我没有脸面，以后印尼人还听我的？厨师是他亲戚，又要揽杀鱼的活，妈的，船上这么多年了，连条鱼都杀不利索。我鱼捞长不当了，让你占尽便宜去。"

"是，少波，我相信你做事用心，但说话是不是要注意点呢？我不知道你跟老何之间的事，但我们第一次见面你就对我说那样的话，如果对方是个小心眼呢？像我就是那样小心眼的人。那晚你让我打董经理电话，并不是没打通，我只不过做样子敷衍你罢了。可是后来听同事讲起你的努力，你这会儿又来跟我说声谢谢，我忍不住担心你。你和我一样啊，总以为自己肯吃苦受累，只是受不得委屈，可出来做事，哪有不受委屈的时候。以后和别人说话要小声点。"

他一听又急了:"大哥,如果你觉得我说话大声是不恭敬,我真的没办法。在船上哪个不是吼。那天你讲我,我知道你夹在中间难做,所以我没有胡闹了。我是脾气不好,家里人惯出来的。妈妈宠我,姐姐宠我,在家里她们喊我少爷呢。我姐啊,每次见面就骂我,我走没两天,又听我妈讲她在念叨。如果她知道我瘦成这个样子,肯定会心疼的。"

听到这里,我搂了搂他的肩膀:"少波,听大哥一句话,以后有脾气忍一忍,不然吃亏的还是自己。"

隔天一大早,我报完关,711船要走了。少波解开缆绳,我在离他不远的地方喊:"少爷,你多保重啊。"

然而他没有听见,像只专注的小豹子,一下蹿到船上去了。

要在海上漂三个月才能回港。

我："你看，我们现在待遇没以前好，就是因为公司请了你这样没用的人。"

"我没用？那么现在哪个带你看医生呢？"

"这个事董经理可以做啊。"

"那么董经理这会在哪里呢？"

"哎，你那么认真做什么？开两句玩笑。"

"玩，玩笑是这么开的吗？"我气得话都说不利索了。

忍着脾气挂号，远远见他在门诊外面一副痞子模样。到科室，我看医生写他年龄，比我小，终究是个小孩子啊，我何必跟他气。

医生低头开药时，我问他："少波是吗？我刚才车上不该和你较真，本来不想理你，可看你比我还小，你也许说着玩，但当那么多人讲我没用，实在太让人难堪，换作我这样讲你也受不住是不是？"他可能意识到了自己的不该，列举一大通理由证明是无心之举后，总算表示了歉意。

他胸口长了一个纽扣大小的脂肪瘤，医生看了说并无大碍，但他说难受，希望消掉才好。第二天早上又带他去医院，刚上车他就嚷："他妈的，不干了，不相信我有什么意思。你让公司帮我订机票回去。"我不知怎么回事，安慰几句，没有用，我就没说话了。

打完针回去码头，这艘船喊没青菜，那艘船喊没有肉。我才学会开车，小心翼翼带大家从早跑到晚，中饭顾不得吃。

夜里累，坐在运输船角落听同事讲话。这时少波又来了，冲我嚷："哎，你明天再带我去趟医院好不好？这针有点用。"

"你先问问董经理，我的时间由他安排。"

"那你打电话给他。"

"你打。"我伸过去电话，他不肯，坚持要我打。电话不通，他终于消停了。

到第三天，我刚到码头，他从很远地方跑过来："哎，你开车帮我们拿下东西啊，实在拿不动了。"我正想推，他说："你反正这会儿没事，去啊。"我厌恶被人牵着鼻子走，可实在找不到借口，只好不情愿去了。

回来后我尽量躲着他，可怎么躲也躲不开。736船的电路出了问题，修理工是个犹太人，讲一点中文，哎哎哎半天，轮机长不晓得他说什么，让我翻译。我不懂电路，靠仪器上型号搜到国内销售公司，找到技术服务电话，一阵鸡同鸭讲，只好加微信逐句翻译。

我正翻呢，他站在码头喊："哎，我问过董经理啦，他同意我再去打一针，你开车载我去啊。"我没好气地回了句"哦"。

实在被他弄怕了，跟同事吐苦水。同事说："他啊就是嘴贱，干活其实拼命，船上最脏最累的活他都干，要卸鱼，光膀子就跳下舱了。"

晚上我在码头候命，他过来，以为又要做什么，没想我问:"还来不来呢?"他摇头。又问怎么不多来我住处坐坐,现在就我一个人了。他说怕我们忙。他每天也无聊的,从住处到码头溜一圈。他这会手里提着猪食桶去帮本地人喂猪,说是打发时间。我让他回去前得空一定到我住处坐坐。

过几天,两兄弟骑摩托来,说吃过饭了。我切两碗木瓜,拌几勺冰激凌,摆一点花生、零食,泡茶。两兄弟大概喜欢木瓜,勺子舀着很快吃完了。

老李1998年来这边,弟弟晚些,也十多年了,在马尼希奇岛。

听他们讲,黑珍珠养殖周期蛮快的,5公分的珠核插进去,18个月长到10公分大。黑珍珠挂在水下七八米处,每吊十个,因为贝大,可以直接在壳上开洞,绳子串着,两兄弟要不时潜到水下打理。

吃的方面,自己种点蔬菜,打鱼,抓龙虾、椰子蟹。龙虾一抓几十只,房子旁浅水处石头围出一个池子,吃不完的龙虾养在里面。海鲜大多可生吃,马鲛切出来雪白得泛光。我读书时在雷州乡镇见过不少卖马鲛的店,有次在本地人家吃,就是简单用水煮熟,不晓得太饿还是怎么,吃了好几块。老李说,岛上有不少逃窜出去的猪,躲在椰树林,靠椰子为食,捉一头连吃两个星期,因为没有冰箱不能久放,得尽早吃完。

两兄弟见我话多，也愿意听他们说，就坐了蛮久才走。
　　有天去外面办事，顺路带几个木瓜给王老师，她先前说有的晚上不情愿做饭，吃点水果就过去了。到她办公室，百叶窗开着，凉风吹进来。前夜闷热，她的住处上下阁楼，却不通风，夜里在办公室坐到十点钟才回去，路上早没了人，狗追着她叫，王老师说再不那么晚回去了。她生怕怠慢我，一边说，一边拿酸奶要我喝。
　　这时老李打电话来了，他住附近，我正想去他们那里看看。顺着他说的方向走过去，他在半路接到我。
　　他们住的地方有点类似国内省城里各市县的接待处。两兄弟一间房，32纽币一天，楼下有厨房，水电算在内，并不算贵。老李拿几个芒果给我，门口树上结的，最后几个了，早几天风大，大的小的刮落一地。他们要我帮忙看一下电脑，有的视频忽然看不了了。我拿过来一看，换个播放器，好了。他们很高兴，虽然有的相声、电视剧看了不下三次，却总比没得看好。他带我看种在墙角的白菜，长很大，有的开了黄花。
　　临走前他们又给我一盒木耳，说十五号回去了，不如留给我。我实在不好意思拿他们这么多东西，要他们两个第二天中午到我那吃饭。他们点头说好，走时老李找伞，我摆手说一点小雨不要紧的。
　　早上起来准备菜，到十点多钟，饭刚煮好，两兄弟空气，继而慢慢舒展开来。之后它们被带到承梧，请当地养贝的人看养，这次拿上岸清理换笼，我们赶过去测量。

场里摩托送师兄和我到镇上搭车，接近年底，眼前一片喜气洋洋。正街楼房贴有红色巨大广告牌，写着祝福新春的字眼，角落礼花盛放。三轮车上的金桔，一棵一棵长在塑料盆中，有小孩子高，绿的叶子，黄色金桔驮满树枝，那样整齐摆着。

路边向阳处，有人摆摊卖黄历，几个男人蹲着翻来看。黄历除一般看凶吉，大家似乎还用来作买马依据。我见厂里做饭的大姐每天做完事情就盘腿坐在床上，一只笔在黄历上划来划去。

对面补鞋匠女人腿上铺一块布，不知缝的什么东西，黑乎乎很大一块。两个小的是她孙儿孙女吧，孙女在她背后长凳上弓着身子，眼睛看着补鞋匠女人，大概是想要几块钱买糖又不敢出声，小的那个脖子上还挂口水巾，手里举着棒棒糖，笑眯眯的样子。

冰厂两个工人扶着滑道上的冰块上三轮，穿牛仔裤的男人用粉笔计数，不晓得是伙计还是老板，看他肚子那么大。墙上糊一块竖长黑板，顶上写生意兴隆财源广进，下面一排名字，每个人名下都记了数。

等了好一会儿，不见班车，师兄说坐三轮去。一路看到成片甘蔗田，每年收获季节，工人从云南过来，携家带口，连小孩子也一起帮忙割。本地人是不兴做这些事的。也有辣椒、玉米、茄子和豆角，一陇一陇长在红土地，茄子太大太密，一根一根细线吊直茄子树。豆角交叉的支架排得整齐。公路上嘟嘟跑的三轮车，堆满了青椒。

车到流沙湾，不能再往前。海上渔排密布，一条狗在排上走。水边鱵鱼游，五六条浮在上层抢食，嘴尖细细红色，人一动，它们钻入水底，过一会儿又冒出来。

过来的渡轮上，寥寥几个人，一个抱孩子的年轻妈妈，一个年轻人和他的摩托车。上渡轮，每人收五块钱。这时鱼排看得更清些，一格一格鱼排底下有网，里头不少的鱼在游。我一个同学在排上养军曹鱼，晒得黑不溜秋。排上日子是寂寞的，飘在海上，上下几丈的距离，热起来风扇也没有，蚊子还凶。他每天喂几次鱼，记录数据，无聊时躲在太阳晒不到的地方看小说。我站在船头，海面波光粼粼，天上一只白色海鸟，飞几下，消失在灼灼日光之中。

到对岸，师兄在小卖部买两根花生糖给我，很甜，留了一根。风很大很凉，但臭，附近扇贝壳堆成小山，积了满地黑水。渡口有几辆送客的摩托车，师兄讲雷州话，谈叶子上。他问我黄豆会不会爬，不然还要架架子。我听了笑，问广西不种黄豆吗？他说是第一次种。

还剩一截土，他又帮我种了大蒜，用捉野鸡的铁笼子罩住。浇完水，老李说才移过来叶子会有点蔫儿，我嘿嘿笑，说知道，小时候看过奶奶种菜的。

进屋我拷电影到他们硬盘，老李还在外面，说："木瓜很大了啊，帮你摘下来？"我说够不着，告诉他院子里还有棵矮的，够吃了。老李没听，砍了一根长树枝，要我拿袋子在树下接，他捅，这熟透的木瓜哪里经得住，汁水嗞嗞嗞往下滴，他这才听了我的让鸟吃去。

他在屋里左看右看，想着再为我做点什么，这让我心里不是滋味，如果他们不走该多好呢？走前，我让他们下周再来这里吃次饭，而且一定不要买东西了。他们说好，借劲说如果我得空送他们去机场就好了，又马上改口，生怕耽误我时间一样的。我不让他说完，连忙点头答应了。

去承梧

承梧究竟是去了几趟,不过两年时间,到现在却模模糊糊记不清了。那年冬天,到养殖场开始学做育苗。平常育苗在气温回升的三月,为赶一个好价钱,我不得不牵很多插线板,小心翼翼在每个桶里放置加热棒。水温上去以后,育苗室一股舒适暖意流淌,很有新生命诞生的氛围。前前后后忙了大概有二十来日,第一批苗刚变D形幼虫,来不及休息,第二天被派去承梧测量白蝶贝。这批白蝶贝,两个月前由一个印尼老板坐飞机带来,几张黑色遮阳网片,密密麻麻附着贝苗,离了水,兜兜转转接近20小时路程。行李箱打开一瞬间,感觉小家伙们竭尽全力猛吸一口

老李帮忙挖好土移栽大蒜苗。

来了，提着果汁和一大袋羊肉。他俩不料我已经煮了好几样，羊肉要我收到冰箱往后再吃。还有一袋海参，黄中透明，弄干净了的，也塞进冰箱，他嘱咐我红烧。

我用USB接在电视上放电影，老李弟兄坐在沙发看，他在我边上走来走去，问要不要帮忙。我说不要，要他也去看电视。老李坐不住，屋前屋后看一看，过一会他进来说，篱笆下土肥，要帮我围个小园种菜。我哪里好意思，招呼他进来吃饭。

烧肉没有完全切开，他弟兄几筷子没夹下来，老李皱眉责怪样子太难看，要他拿刀来切，我连忙起身去拿。电影没放完，他弟兄一口饭一眼电视，老李有点不该①。然而我隐隐觉得感动，我找不到工作，奶奶带着我去队上见在县里当官的人，我一声不吭，奶奶也是这副气恼模样。

老李还是闲不住，我洗完碗，他进来说土挖好了，在院子一角咖喱树下。黑色的土，翻出来的蚯蚓正努力扭直，四周修了沟，树下放了挡板。老李弯腰手指着，这里一排，那里一排，种好了，别说你自己吃，拿出去卖都有剩。

我在墙角发的黄豆苗早已长得板密，盒子里一棵棵拎出来，白色的根团住原本松散的土，小心翼翼摆在沟里。老李找来树枝扒土，每排种三棵，树下斑驳明亮的光照在

---

① "不该"，意为"老李觉得他弟兄不该这样"。

好价钱，上车。

到西连时近中午，我们去吃饭。20世纪90年代模样的菜市场，两排柱子撑起顶棚，水泥砌成的案板，大排档占一个档口，老板娘招手喊加梅①。案板上摆着几样菜，有我喜欢的大肠和梅菜扣肉。厂里每天萝卜丝、荷兰豆还有白切肉真是吃怕了，要了一份大肠，师兄又点了一份鱿鱼。老板切好，放大葱和甜椒，很快炒好端上桌。本地人吃，另外再要份黑色酱，饭不另外算钱，大家用很大的饭盆装饭，我吃了两盆。

镇上过去不远到承梧，整个海滩全是养殖户搭的简易棚子，白蝶贝由其中一户姓谢的养殖户照看。老谢从海上拖回白蝶贝笼，他老婆和妈妈帮忙洗贝。我从塑料大盆里挑三十个测量，不过一公分左右，剩下几百不到了。

之后我们又拿过一批新的贝苗过去，前一夜上湛江机场拿苗，放在曝气水桶中，赶夜车到徐闻，夜里住迈陈，睡不过三个钟头，天亮前赶去承梧。怕做手脚不赢，去的每个人都帮忙装笼。我把装好的贝笼一个个预先放到海水中，等全部装好，再由老谢开船放去海里吊养。

这次去，老谢整个人迅速垮塌一般，面容枯槁，听说他

---

① 雷州话：吃饭。

流沙湾的鱼排。

得了绝症，不晓得还能不能熬过今年。太阳很快上来了，照亮整片海滩，烫得额头疼。老谢两个孩子在拖贝笼的板车边玩，三轮上挂了一袋包子，两姐弟问我们吃不吃。

　　最后一次从承梧回来已是盛夏，师兄还有事情留在那里，我一个人先回去。在西连街上的副食品店买几袋花片，过流沙湾，刚下船，有人按喇叭，对我扬下巴，问要不要摩托车。我看他样子老实，问五十块钱去乌石做不做得，他点头。

承梧的早晨。

　　路上他问我，是不是海洋大学的学生。我问他怎么知道的。他说看我样子像学生，来这里的大学生大多学水产的，去年有个男同学在这边买贝，他也坐过我摩托。后面我终于知道他说的是哪一个了，这个人像我一样被派在养殖场做育苗实验，但经常跑去外面玩，后面干脆辍学了，也许找到合意工作了吧，不想再吃这个苦。我问师傅姓什么，他说何，大家叫他阿茂。
　　阿茂有两兄弟，哥哥在广州一所中学教书，照理说

上图：老谢一家在分笼。
左图：承梧海边正在将扇贝分笼的渔民。
右图：过流沙湾的轮渡上。

日子过得不错的，但因为身体不好，家里没有多余的钱，母亲年纪大了，他不能出去打工，一直留在家乡。平常码头有船来，要铲冰，卸鱼或搬饵料，他和其他人站成一圈等老板喊，他个子瘦弱，机会不如其他人多。码头没船，他就开摩托送送客。我们从高高的木麻黄下过，沙土地连成线的仙人掌开出硕大黄花，偶尔几处红色猩猩草点缀其中，盛夏的楝树和桉树碧意浓浓，我忽然有点伤心。

到乌石，我让他停一停，买了一大瓶冰红茶给他，又留了他电话，我说以后再有海洋大学的学生到这边，我让他们找你。

他把我送到养殖场，老黑（场里的狗）和妹妹兴高采烈跑过来，围着我跳。阿茂打转，消失在路尽头。我蹲下去搂了搂老黑的头。

去双凫铺

奶奶一定要我去姨阿公家拜年。

这几年车子多了起来，路还是那样窄，到石河渡槽那里，迎面来的车子拐下路基让我们先过，叔叔大腿一拍，讲这个人太仁义了，得下车敬烟，不料那人很快开走了。叔叔平常说话很冲，实际上做事有耐心，对人也蛮好的。

姨阿公家在竹三湾上面，路狭，一个大坡上去，前些日子下过雪，车子卡在泥巴里进退不得，我站在路边看他们彼此埋怨，奶奶急三急四跑去姨阿公家找人帮忙，结果大门紧闭，气得她只想破口大骂。奶奶在我面前非常温和，但我知道她在其他人面前不是，不如意的时候，对方祖宗八代都敢骂。以前姨阿公和姨阿婆吵架,奶奶哪里受得了自己妹妹在别人家受气,跑去竹三湾骂胡兰生不是东西。姨阿公脸面看得紧,又培养出两个大学生儿子,大男子气概很重,然而奶奶去了,他也只是坐在屋檐下一声不吭地抽烟。

好不容易车子从烂泥里倒了出来,停在竹三湾别人家的晒谷坪,车身两面甩了泥巴,叔叔和婶婶两个在塘里打湿手巾擦。奶奶说:"我们去双凫铺。"我明白奶奶的心思,新年不能走空路,另外她看我闷在家里实在太久,应当多出门看看。

我想起还没跟奶奶出过远门,点头答应了。以前叔叔没买车,我们没有机会一起出门。有一年叔叔骑摩托去双凫铺拜年,我想跟去,然而他不带我,带的江,江是四伯伯儿子,算是他们家的代表。叔叔套了强盗一样的头套,只露出眼睛嘴巴,再戴上头盔,腿上绑挡风皮革,回来时他打牙颤,说幸好我没去,路上冻死了。看他那副哆哆嗦嗦的模样,我觉得蛮好笑的。

双凫铺是黑伯伯家,他每年大年初二到我家来一趟,常常穿着那身皮衣西裤,他皮肤白皙,讲话又和我们不同的腔,饭桌上很客气。叔叔说他的爸爸也是这样,有时太客气,在别人家干活,饭都不好意思多吃,回家再补一餐。竟然有这样"笨"的人。久在山中,看惯了挽袖子喝得满脸通红的大人，忽然外面有这样一位伯伯来家里做客，我感到不小的稀奇。听大人说，他有一对儿女，宇和莹，我的岁数在他们之间，想着遥遥远方还有这样的兄妹，好像幸福得不得了似的。

黑伯伯从来不在我们家住，吃完中饭坐在地坪喝茶晒晒太阳，他问我，你爸妈没有回来啊。我摇摇头，他问，你想他们不呢？我皱皱眉，想一下，还是摇摇头，说他们要在外面挣钱，不然我读不起书。等喝完茶黑伯伯要回家去了，大人留他歇，他总是相同的托辞："我还要去滩山铺，岳母娘家总不能不去。"

我第一次去双凫铺，大概是和姑姑一起，姑姑当时二十出头的年纪，渐渐明白了生活里难免的忧愁和无奈。我隐隐知道姑姑过得不开心，但不知道是她和姑父之间的感情有了缝隙，因为公公婆婆的无理以及丈夫的软弱吧，她多数待在娘家，姑父晚上接她回去，第二日她又回来了，奶奶和叔叔讲她，她进退不是。

那时我心里喜欢着遥远而无望的人，学业方面也无作为，常是闷闷不乐。有天姑姑说："我们出去玩吧？""要去哪里呢？"姑姑说："去看双凫铺的伯奶奶。"我说："好的呀。"骑着摩托和姑姑出发了。

一路我们没有说任何不高兴的话，到双凫铺，过了大桥，沿河道一路往上走。姑姑还是小姑娘的时候来过，不

上图：高架铁路下的油菜花。　　左一：山鸡椒的花。
右图：山上映山红开得很早。　　左二：寺庙脚下的村庄。

记得路，问路人才问到地方。

那夜里我们在伯奶奶家里歇，她和伯奶奶做伴，我跟宇哥睡。

第二天我们走，伯奶奶送到屋后大枫树下，打发我们钱，姑姑一定不要，她脸上还是笑呵呵的。

现在想起来我很难过，那时的姑姑多么需要大哭一场，但是她没有，我也没有。我们两个都不说心里的不痛快，当作好玩一样出了这趟门。

这天天色阴沉，到老粮仓，看见望北峰群山蓝墨水一样的颜色，空气像果冻冰冷清澈，一点云缠在山顶，是这样空旷寂静。

有很多年，也是刚刚开春，我去外面读书，奶奶喊村里的人送我到镇上，我上了班车，车沿望北峰山脚走，过烂山峡子。河水弯弯，路也弯弯。河边柳树发芽，绿中飘黄，山中树木浸满水气，满树黄花的山胡椒，桃红色的不晓得什么花，这里一片，那里一片，热闹又寂寞地开着。

我年年从这里离开故乡，年年忧愁，这样好的风景只是一个人看。这次和家人一起，仿佛走过一段漫长曲折的路。我喊小朋友看，可惜两个都睡了过去。刚出烂山峡子，看见高架铁路下开了大片油菜花。婶婶少女心泛滥，喊："太山，我们要去油菜地拍照。"叔叔没这根筋，见大家欣喜的样子，还是把车停在路边由我们去玩。

奶奶站在路边看，叔叔继续拿毛巾在旁边水渠打湿擦他的车子，婶婶在油菜花中一副快乐模样，然而小的那个孩子忽然脸色沉沉，原来是叔叔答应买电子手表但又没买。实话说，叔叔教育小孩子那套真是看着揪心，心情好的时候什么都答应，转过背寻思小孩子不懂得爱惜，又不肯兑现。

婶婶埋怨他不该这样，小孩子嘴巴翘得老高，叔叔以为这是大家故意和他作对，三句两句说不顺，动手要打人。这下急坏了奶奶，她去哄，我不肯，让她不要插手。小孩子终归畏惧大人，忍着没有继续闹了。

我其实是担心的，大人们的传统理念以为子女听话有本事便是最大的成就，然而极大地疏忽彼此之间的信任和坦诚。

在渠道边，两夫妻把彼此鞋子擦干净，婶婶再帮奶奶把鞋擦干净，大家小心翼翼上了车，不再说话。倒是叔叔自己又装作一副笑容可掬的样子，提议在双凫铺吃了饭再过去，他怕突然到访，黑伯伯一家忙不赢。

在双凫铺临大路的饭铺吃饭，点了我们都爱吃的臭鳜鱼。这是我跟奶奶第二次在外面吃饭，第一次是奶奶七十岁，我们在老粮仓吃的。年年生日年年都有人来庆生，那时候家里就我跟奶奶，我还小，帮不到什么忙，奶奶忙得团团转，张罗一桌子饭菜。后来年纪大一点，她很早就在跟亲戚们退信，今年在外面过生，你们不要来，来了门上肯定也是一把锁。然而这个愿望到她七十岁才实现。

我们在饭铺里吃完饭，奶奶笑嘻嘻地说，如今社会真是好啊，都不要自己做菜收拾桌子了。饭桌上，奶奶依旧为小孩子的事情不安，细声细语问小孩子，吃不吃这个、吃不吃那个。小孩子不把奶奶看在眼里，我自然看不下去，要奶奶安心吃自己的饭。然而，无非让气氛更沉默罢了。

到了黑伯伯家，家里只有黑伯母和伯奶奶两婆媳在，黑伯伯还在外面鞭炮厂做事大概，两人泡茶端零食招待大家，不多久黑伯伯回来了。他们要做饭，我们说吃过了，他们不敢相信的样子，一定留我们吃过夜饭再走。

伯奶奶泡的茶放几片姜，茶碗擦得雪白，奶奶笑着对我说，你伯奶奶很爱干净的。这个我第一次来双凫铺就知道了的，姑姑说伯奶奶的床铺干净整齐，不然也不往他们家去。这点黑伯母也是一样。两婆媳看起来都十分温和，话不多，笑眯眯地做这个做那个。

此时莹已经嫁人生了孩子，宇哥的对象却一直没有着落，他样子其实好看的，但实在话太少了，用大人们的话说就是，嘴巴钢筋都撬不开。如今他好像是在跟人学开挖掘机。黑伯伯说媒人这次介绍了个对象，脸上欢喜得不得了，看样子是有戏，房子里外都翻新了。说完宇哥，他们又抓着我不放，我说我刚满十八岁，还不用急吧？叔叔笑我脸皮厚，都快三十了还讲自己十八岁。

大人们围电火而坐，小孩子霸占电视，我说不过他们，决定出去走走。

门前一条羊肠小道引去上山的路。密密丛林里，一棵不晓得怎样的树，树皮似桃树，开满细密淡红色的花，轻轻一碰便落，已经落得满地都是。到山顶，远方大山正乌云过境，山间红的黄的花浸在早春微微湿气里。

对面山头有一座庙，我攀着树枝下山，沿石子路一路走，有穿了布拖鞋的年轻人，双手插在裤子口袋，上衣敞开，在坑坑洼洼的塘基上挑路跑。

我爬上山，庙门前几个大人喝茶聊天，我不好意思进去，站在外面看一看，又往庙背后的路走去。没想到看到了映山红，天气还冷呢，一簇簇并不怕冷，开在石头旁。

回程不想再爬山，绕路回去，一户人家正唱花鼓戏，在办喜酒，路上那个人举了竹篙架线。我说，新年好啊。他昂起来的头低下来，也对我说新年好。

这一带偏僻寂静，四面高山，忽然心里一阵伤心，生活这样已经很好了呀，为什么还要不甘心呢？

回来把在山顶折的几支映山红插在瓶里，告诉奶奶，去了对面山的庙里。奶奶信佛，她欢喜我跟寺庙亲近，觉得菩萨会保佑我，这样她放心。

这时见叔叔和黑伯伯从田塍那边往回走,黑伯伯扛着锄头,叔叔手里抓着一棵有他那么高的山胡椒。见到这棵树我高兴极了。吃完夜饭回去,我迫不及待地在家旁边的山里挖坑种了下去。

　　三月我去了学校,问家里人山胡椒活了没有,说活了,长了新叶。现在差不多一年过去了,稍微暖和一点该开花了吧。

疲惫的一天，连梦里都是疲惫的。

海洋大学

　　还没开学，我找了份工作，每个星期六在市区上两堂英文课。教室在顶楼，我第一个到，到了听会音乐，读读课文，这时学生们陆陆续续来了。我把音乐调小，跟他们闲聊两句，问这周过得好不好，有没有好玩的事情。他们大多耸耸肩，说作业好多啊，一副生无可恋的表情。我说，今天早上出门，天好像有些凉了，车上没有开冷气，打开窗户，风呼呼吹着，像是闻到了秋天的味道。他们若无其事地听着，我又问他们，是不是坐过九路车，是不是有个司机在车上放听力磁带，这时他们忽然热闹起来，嚷是啊是啊。我说，司机好努力啊，还上了当地报纸，然后收起笑容，认真地问："上周布置的作业写完没有？单词背好了吗？再给五分钟，等下听写。"他们马上像没有骨头的橡皮人，一个个倒了下去。

都是原先教过的课，读读写写，三节课过得也快。上午班的学生都算听话，很少需要留堂。我和他们说了再见，收好电脑，放去二楼老师们的办公室，在附近找点吃的。马路对面的超市，盒饭七块钱一荤两素，或者十块钱两荤两素，有猪肠、豆腐皮一类的菜，分量很足。我提一份盒饭，再买一瓶叫葡萄糖盐汽水的东西回办公室吃。

一开始和老师们不熟，吃完饭趴在桌子上睡一睡，后来熟悉一点，就听她们讲两句校长的闲话，说哪个老师的巩固率做得不好，被校长骂得哭。这个培训学校和我以前待的那个相差无几，校方布置各种烦琐的任务，每周的例会先喊口号，然后批斗。我才去时，学校新请了一个看起来很有行动力的年轻男老师做组长，风风火火弄一阵，没过两个月就辞职了。

下午是小学生班，不过教室后面坐着一个已经上初中的男孩子，其他人在教室打闹，他安静地坐在那里转笔。课间我改学生们的听写，发现那个中学生几乎写不出几个单词。等放了学，我问他是不是哪里不懂，他不回答。我指着单词要他读，他支支吾吾，读得不算好，于是我带着他读几遍。我问，平常有花时间去背单词吗？他老实地笑

海洋大学。

一笑,说没有。我问,爸爸妈妈不太管你学习?他说,住在亲戚家,去年才来城里读书,爸爸在乡下养虾。我讲,爸爸把你送来这里补习不容易,你自己要勤奋一点知道吗?希望下周能多写对几个。外面天慢慢黑下来,他见我松了口,高兴地点着头。

学校离搭公车的地方有段距离,途中一条小吃街,我绕进去买碗牛杂,放两份面筋,当作晚饭。如果那天领了工资,心情好,则绕去更远的地方买玉米糊,玉米新鲜且嫩,常常排了不少的人。

天黑得越来越早,有天竟觉得有些冷了,捧一杯微微发烫的玉米糊在路上喝着,觉得满足。周末出来玩的学生,这会儿提着大袋子小袋子回学校了。为坐到位子,我通常往回走多一两站。车上大家默不作声,低头盯着手机。有回我看见自己从前用过的一台手机,也是那样幽幽的亮着蓝光,夜色这么重,它只是亮着,没人发消息来。两个年轻的女孩子,一人端一盒内酯豆腐,看起来洁白细嫩,很秀气地舀着吃。公车飞快地跑,路旁稻田成片,椰树下有人堆了树叶纸屑在烧,空气里传来微微烟火味。因为很远,到学校前还能眯着眼睛睡一会儿。

下车,学生们继续在校门口排队等电瓶车回宿舍,我从队伍里穿过去,慢慢走。湖边樟树下,吉贝①下,恋人们依偎在一起,一个中年人站在院子门口,双手扣在背后,看着前方,像是晚饭后出来歇息的模样。圆滚滚的狐尾椰在风里摇摆,月亮在头顶榄仁树宽阔的枝叶间穿行,夜空仍是蓝色,云在远方,那一点乳白,化在无尽的夜里。

---

① 热带一种常见的木棉科高大乔木。

我们宿舍三室一厅，住六个人，彼此不常见面，农学院那个学生只在开学见过一次，他的工作还未辞去，床铺一直空着，其他几个要不在鱼排养鱼，要不去了哪个沿海城市采水样，即使人在学校，这会儿也还在实验室，深夜才回来。大多数夜里都是如此，我洗完澡，洗好衣服，推开门到阳台晾，天地间悄无声息。有回看见东南夜空里一颗小星星，巍巍颤颤，在冰凉透明的空气里。

眨眼圣诞节到了，学生们在校门口摆摊，卖玫瑰，卖幽幽蓝色的夜光花。最热闹数卖水母的，大概是水产学院的学生，小小水母装在不及手掌大的塑料瓶里，瓶底打光，水母一张一合，看的学生很多。两个卖夜光花的女学生，占的位置不太好，两个人哈着白气，低声唱着歌。烟花震得天地隆隆响，到夜一些，天上孔明灯慢慢熄了，学生们回荡的欢呼声也渐渐落了下去。夜里做梦，以为喜欢的人还在身边。睁开眼，天还没亮，隔壁传来同学均匀的鼾声，草丛里虫子在叫，这一年快过去了。

学校开设了鱼虾贝生理学和增养殖一类的课。我喜欢教鱼类生理学这门课的老师，他没多余的话，一上课便进入状态，对着幻灯片上一条鱼一直讲到下课铃响，很潇洒。增养殖课的老师则时不时讲两句题外话，说20世纪80年代兜里揣几万块钱去苗场买种，怕人抢劫，身上要带枪，正课讲完后放农业频道的养殖节目给我们看。

到下课，天已向晚，和几个同学走在密密人流中到外面吃饭。校门口旁边有片棚户区，里面各式各样的商贩，小吃方面，有水煮、凉拌菜、土家饼、山东大饼等。因为吃饭的人多，常常要等很久才会上菜，大家先买点凉拌菜和土家饼垫肚子。凉拌菜里我最喜欢面筋和腐竹，酸酸辣辣的汁水盈盈其中。最好吃的是一家湖南菜馆做的青椒炒肉，很鲜的辣味，十块钱一碟，老板是邵阳人，我不知道他怎么可以做这么好，但凡在这家店吃饭，我一定点这样菜，放假坐长途车回家时，也要打包一份在路上吃。

吃过饭，在路边买几个木瓜。卖木瓜的摊位好几个，丽姐总带我们去同一处，她说老板客气。木瓜削皮，掏籽，分开两半，袋子装好。他总是笑眯眯的，说有个心愿，希望将来开个像模像样的水果店。

到第二个学期，课已经停了，大家各自开始自己的实验，我一直待在乡下做养殖实验，结果育出的苗被七月一场台风全刮没了。我回学校后开始做新实验，实在是不会，夜里常常失眠，这样的情形持续了大概有两个月，忽然有天终于开窍似的，能像模像样做下去了。隔壁实验室的仪器白天不得闲，我只能在夜里做，做完通常夜深了。因为有了一点进展，心里高兴，仍然去外面买吃的犒劳自己。卖肉夹馍的推车，铁板下红彤彤的炭火，上面几个白馍烫得微黄，老板捡一个，刀滑开，涌出一团热气，四散开来，卤肉炖得烂，和香菜青椒混匀，塞进去，浇一勺汤汁，那样富余的样子。我坐在一棵紫薇树下吃完，远处亮起烟花，闷的一声响，如水纹从身上趟了过去。

等做完实验，才恍然意识到数据处理是多么头疼的事，我陷入更严重的焦虑和疑惑之中，整夜整夜失眠，后悔当初做了这个荒唐的决定，而且毕业后去做什么呢？去乡下做养殖？我不想过那样的日子，回头去培训学校教英语？那跨专业读研是为了什么呢？当初决定回来读书，是因为自己生活得像一摊烂泥，不得不往前走，没想到走向了更黑暗的深渊。

离毕业的日子越来越近，寒假在家过得压抑，直到有天宋老师到家里来拜年，见我闷闷不乐，听我一说，她大腿一拍，说这有何难，我教你。宋老师是扎扎实实的读书人，在她的指导下，我终于把论文写了出来。接下来该找工作了，有天我在求职网上输入英语和渔业两个关键词，没想到真的找到了和两个专业都相关的工作。

毕业前几天，夜里去沙县小吃，那会人很少了。老板从里屋出来问，靓仔吃什么？她做的猪脚饭鸡腿饭都好吃，但这天不饿，要了一碗云吞。我吃得慢，老板娘说，靓仔你很久不来了。

"是啊，去年我在雷州做实验。"

"你学的什么？"

"水产。"

"怎么要学这个,喜欢吗?"

"阴差阳错就学了,挺好玩的。"

我说:"再过几天就走了,老板,我来海洋大学的第一餐饭是你这里吃的,你还记得吗?"

"记得记得,你才来,说吃不惯这里的东西,你走前来这里吃最后一餐饭哈。"

我吃完云吞起身,看她在敲鸡蛋。问为什么要敲,说是入味。我捡一个起来看,又不见缝隙。老板娘说这要技术,敲得不好鸡蛋会流出来。我看台面上剩几个没卖出去,又买了一个。

拿着这颗卤蛋,走在回宿舍的路上,隔着大片原野,看见远方灯火通明,没想到就要离开海洋大学了,想起《伊豆的舞女》里一句话:

"我把胳膊肘支在窗台上,久久地远眺着街市的夜景。这是黑暗的街市。我觉得远方不断隐约地传来鼓声。不知怎的,我的眼泪扑簌簌地滚落下来了。"

在宿舍做饭

大四开学不久，忽然生了一场病。

一开始肚子痛得厉害，以为平常闹肚子，没有太在意。过了大半个月，情况不见好转，反而更严重似的。有天痛得饭也吃不下，同学陪我去校医院，医生不知道我究竟得了怎样的病，给我吊点滴。我躺在床上，嘻嘻哈哈和同学说话，突然觉得胸口闷得厉害，一口气提不上来，继而连话也说不出了。同学见我脸色苍白，慌慌张张去喊医生。我心想，难道就这样死了吗？有点害怕，然而更多的是无力，甘心接受着这样的命运。这时护士过来把床摇高，拔了点滴，我又慢慢缓过神来。她说我对某样维生素过敏，开点药打发我走了。

　　路上家里打电话过来问，中秋节过得如何，有没有吃好？附近正是在外聚餐的学生们，酒杯声，欢笑声。我感到心酸，差不多要哭出来，终于向家里说了生病的事。

　　从前在乡下生病，去白医师那里打打针吃吃药差不多就好了，花费方面并不觉得是多大负担，可眼下生的病，学校医院看不出，去城里大医院检查，我担心是笔不小的支出。那时自己挣不到钱，家里情况也不好，夜里躺在床上发愁。第二天妈妈说打了一千块钱过来，让我先去检查。

　　到医院排了会队，轮到我进去，简单说明情况，医生让我先去血检，回来后又示意我躺到床上，在我肚子各处摁了摁。我起身，拉下衣服，问医生情况如何。医生说得做胃镜才能确诊，而此时正是国庆，他开了药，让我假期过后再来。

　　那几天我很珍惜地吃着药，戒了辛辣食物，有那么一会儿，迷迷糊糊之间觉得疼痛感消失了，但不过，错觉罢了。

　　家里人听我说病情没有好转，急得不得了，让我回去治疗，我于是请假，搭火车到了父母那。

　　天一亮，叔叔开车把我和爸爸送去医院。到了后，喝杯有点像杨梅汁一样的东西，躺下，医生拿着管子就往我喉咙里插，管子过了喉咙，又胀又痛，接着这根冰冰凉凉的管子在肚子里不断下探，想要呕，呕不出来。护士摁住我的头，要我不要动，实在是难受得厉害，我就那样一动不动躺着，眼泪不由自主往外冒。照了好一会，医生终于把管子抽了出来，说我得了十二指肠溃疡，需要时间调养，半年少不了的。

从医院出来，大家松了口气，好歹不是什么疑难杂症。不过转念我又发起愁来，毕业在即，总不能在家休养半年，可肠胃又已虚弱到连米饭都消化不动，这该如何是好？后来妈妈想了个办法，家里有个电饭锅，功率小，带蒸笼，让我带去学校煮东西吃。

走的那天，妈妈望着我，两眼发红，大概是看我太瘦，脸上骨头显了出来。我搂着她，笑着说，很快会好的，来，拍个欢喜些的照片，她就随我笑一笑。

那次特意买了卧铺，是绿皮火车，不算很贵，那是我第一次坐卧铺，仿佛得了童年时生病才有的优待，有着小小的惊奇。半夜从铺上爬下来，大风灌进过道，灯是灭的，穿过隧道时听见轰隆隆的响，到城区，黄色路灯照进来，车厢内明明灭灭。我的下铺让给了一位怀着七个月双胞胎的妈妈，乘警在当头值班，借光看一本杂志。我这样坐了好一会儿，才爬上床继续休息。

学校北区往里走是一排一排的教工宿舍，房子前后树木长得高大，夏天时墙上爬满藤蔓，看起来阴柔凉爽。再往前几步，到了学校后街，有水果店，南杂副食品店，其摆设和所售物品和平常乡镇街头并无二致。几家挨着的服装店，外面搭了棚，衣服挂得挤密，老板躺在屋内藤椅，头顶吊扇飞快地转，人一进去，风便贴着地面从脚背流了过去。菜市场在街的东边当头，我到那买米，称几两肉，回宿舍熬粥。那时我正准备考一张证，喝完粥去小树林背书，可粥不填肚子，只好买几斤苏打饼干，每次出门放几个在口袋，实在饿不过了吃几块。这样的日子难熬，有时就买圈冬瓜回来煮肉，再放几坨油豆腐，然而汤汤水水的东西吃多几餐还是受不了，忍不住想吃米饭。估摸着肚子痛得不那么厉害了，淘米煮饭，上面铺一层切片的肉丸和香肠，再蒸一层鸡蛋。这样过了嘴瘾，没多久肚子又翻天覆地痛起来，我坐在小树林的石头上，把书放下，怨恨自己管不住嘴巴。

差不多两个月的样子，我总算顺利通过了考试，此后大多数时间窝在宿舍上网，做点吃的。这时节大家忙着为毕业做准备，考研和考公务员的干脆搬出去住了，整层楼冷冷清清。

不过我宿舍还有另一个同学在，四年里他逃过不少课，在楼道背新概念，或在宿舍看《黄帝内经》，他把命看得要紧，经常去校医院开药回来吃，有时也煮肉，放补药煮，于是宿舍常年一股散不去的药味。我问他将来有何打算，他说去考哲学或佛学院的研究生，因为冷门，容易考。他对人生似乎看得透彻，但好像又不是特别笃定。

另外一间宿舍还有个西北的同学在，我从他宿舍门前过，见他抱着双臂站在那里看球，电视里喝彩声回荡在空无一人的走廊，让人觉得孤单。有的夜里我过去，他知道我不懂球，于是换个放电影的台。偶尔说两句毕业以后的事，他和我一样，好像也没什么具体打算，只好打哈哈鼓励对方几句，盯着电视，陷入长久的沉默之中。

毕业如期而至，我们离开学校，到处找工作，彼此再无联系。如今想来有些遗憾，煮东西应该喊他吃一餐的，不晓得现在的他是哪副模样呢？

后来我读研究生，因为时不时想吃有辣椒的菜，又买了一个小电饭锅在宿舍蒸菜吃。下面煮饭，上面蒸腊肉，腊肉蒸熟，拌一点肉丝豆豉风味的老干妈，很下饭。在乡下取样的日子，晒了鱼干，回来就可以蒸海鱼吃。

有回心血来潮，十分想吃猪脚，学校外面菜摊买不到，我就到网上买卤好的，顺带买了鸡胗、毛豆、鸭脖子一类的卤菜。也是快毕业了，那天我把猪脚热好，蒸了鱼，喊隔壁一个同学过来吃。

其实我们之间几乎没什么共同话题，只是我实验遇到问题，他帮过我。有回在东海岛，他帮我扛完沙子，又马不停蹄地抽水培藻，等一切忙完，他提着空桶站在池壁上，一副庄稼人期待粮食丰收的表情。在那短暂空隙里，我们得以多说几句话，最后不可避免地聊到对未来的打算。他说要继续读博士，而我自知能力有限，无法再往上读了。想着将来大家走着完全不同的路，再也不会有力气回头再看来时的路，不禁感到悲伤起来。

所以后来我做了那餐饭，算是郑重地和他说了再见。

海上信件七封

1.

xxx，你好。

现在是库克的四月二十八日下午五点，我上船的第二十四个小时。

昨天上船后，才拍了几张照片，顿时觉得天旋地转，几个小孩子跟我说话，找我玩游戏，我一点应付的力气都没有，回到住处，吃两粒晕船药，躺了下去。

船舱里热，一股脚臭味，我让下铺的人帮忙打开风扇，尽量放松，试图让身体适应摇摆，可是啊，头痛得厉害，想吐，却不敢吐，那一下我感到绝望。十四天的海上航行，不知能不能熬得住。

在一个叫天天不灵、叫地地不应的地方，不是小孩子玩游戏，连放弃都没法放弃。

想起以前看电视剧，偷渡的人藏在箱子里，我有些感同身受了。

不知怎的，竟也睡了过去，只不过连睡着也是痛苦的。

醒来一看时间，是半夜十二点，感觉浑身上下脏得伸展不开，鼓起劲拿了衣服和洗发水去楼上的卫生间。门是关的，听见里面水响，以为有人在，抱着衣服坐在门槛，冰凉的夜风吹得我发抖。我往身后一仰，从几个高高的蓄水桶之间望见浩瀚的天，那明亮的月光和星光啊，不等多看两眼，零星几滴雨打在背上，我只好躲进过道，忍受难闻的气味。

我快熬不住了。

这时去帕米斯顿岛的胖大姐下来把卫生间的门打开，原来里面没有人！我又等她解完手才进去。这个大姐有多胖呢，在岸上的时候要时刻搬一张椅子坐着。等她出来，我把衣服挂好，解手，脱完衣服，正要洗澡，发现没有水，左试右试都没有反应，又只好穿回短裤，扶墙出来喊人帮忙。有个人在饭厅长椅上躺着看电视，他过去检查，说没办法，然而水又奇迹般地流出来了。

我已经被折磨得快没了力气，趴在马桶上吐了两三次。等稍作平复，终于洗了澡，又把衣服洗了。

觉得身上松泛了些。

躺在床上，又吃一次药，还是觉得不够舒服，想起包里有一盒"唐太宗"，我出来时妈妈一定让我带的，说小物大用。我在肚脐、太阳穴、前额、耳朵后、鼻子下，都涂了，顿时冰凉冰凉地辣起来，我终于慢慢睡了过去。

对了，我忘了说我的浴巾，这一路多亏有它，睡觉时用浴巾盖在身上，蒙住头，才仿佛觉得还在自己住处。我真是太聪明了。

厨房外的海。

2.

xxx，你好啊。

现在是库克的五月一日上午十一点半。我终于又有力气和你说几句话。

好像重新有了生命，可以喜欢一个人，可以大声喊，可以用力跳。哈哈，其实我还是躺在床上。

我这几天就这样躺在床上，日颠夜簸，又想吐又不敢吃东西，但实在饿得头发昏了，去楼上饭厅泡了一碗面。我很想很想吃一点青菜，可是船上没有青菜。每天都是咖喱羊肉或者洋葱羊肉，我闻到这些味道都害怕。

吃了东西怕吐，只敢躺回床上，尽量放松，又吃了几片药，说明书上写着，每天最多只能吃两片，我一次就能吃这么多，一天三次，很快药也吃完了，我像上了瘾，没药心里很慌。

泡面时，不争气地哭了出来。我怕自己死在船上，可是我不能死，我死了，家里人会多着急呢。我要鼓起勇气活下去，可是我很难受。

我很快把哭压制下去了，我知道哭不顶用，而且会浪费力气，等我下了船，吃饱了，再来抱头痛哭不迟。

迷迷糊糊之间，好像适应了船舱的味道。我不需要二十四小时用浴巾包住头睡觉了。好像闻到了妈妈身上的香水味，仿佛回到了小时候。后来我又想到了吃的，想中土①吴师傅做的辣椒炒肉。特别特别想。

自星期五到现在，我吃了一碗面，一个苹果，两块饼干，半瓶水。想起在拉罗的日子，那算什么苦呢？说到苦，离开你以后，我吃了好多好多苦，一次难过一次。我希望自己将来可以不要再吃这么多苦了。可是谁知道呢？

哎，不该写这几句话，因为写完我又开始哭了。真是没用啊。

3.

xxx，你好。

这会儿是库克的五月三号夜里十点，我在布卡岛的第二夜。

我这次来这出差，主要和当地各个政府部门谈我们公司在布卡岛转载的事情，这里离拉罗十万八千里，一个人也不认得，几乎是没头没脑跑过来的。可是啊，过了帕米斯顿岛以后，我发现船上还有另一个乘客到布卡，有点相依为命的意思。我和她聊过几句，有天也不知什么时候，我醒过来了，她站在门口，说各自坐船的感受，后来我给她一罐可乐，她很感谢的样子，收起来，应该是拿回去给

---

① "中土"，中国土木工程有限公司的缩写，下同。

登陆布卡布卡岛。

　　小孩子。她叫安，是三个孩子的妈妈。到后来她听说我要去布卡岛找他们的市长，她说她爸爸就是市长，再后面几天，我们更熟悉了，我问是不是可以住她家，她说她家没空房，问我住她父亲家里如何？哈哈，我说当然可以。

　　我现在就住在布卡岛市长的家里。

　　那天下了货船，接驳船带我们穿过潟湖上岸，我觉得一切美得不真实，觉得自己何德何能，可以见到这样的美景。两个岛之间，一线长的潟湖，中间稍微高一点的石头上长出几棵椰子树，像是凭空悬在地平线上。潟湖的水清澈见底，手伸下去，还留着日光的温度，很舒服，几个人站在潟湖边缘甩钓，你知道，潟湖边缘就是几千米深的大洋。接驳船越往岸边走，水越平静，到最后平静得像面镜子。天色渐暗，天地间剩下一点幽暗的蓝色，岸上有火光，小孩子们扎堆站在岸边等船靠岸。那样的场景，有点像进入桃花源境一般。

在安家里稍作休息，她敲椰子给我喝，太久没吃过东西了，我一只手端不稳椰子，抖得厉害，只好捧着喝完。我从包里翻了几包面，给她小孩子，她拦住我说不要给那么多，她担心我回去在船上没东西吃。然后她骑摩托送我去她父亲家，走着走着，忽然进入树林之中，一点灯光也不见了。我小声地问安，这个地方安全吗？她说很安全。没过一会儿重新见到灯光，我才真正放心下来。

院子里坐着许多人，乌漆墨黑的，我也不知道哪个是哪个，这时安的父亲拉多过来和我握手。她父亲是我来库克第一个用双手和我握手的人，而且会像我们中国人一样点头表示敬意——虽然西方人之间一般握手比较平等随和，但受到这样的对待，我仍然感到十分亲切和高兴。

夜里洗了澡，安的母亲四月帮我洗了衣服，我说："真是不好意思，船上实在太臭了，劳烦您多放点洗衣粉。"他们的洗澡间有点像我们乡下常见的布局，厕所浴室搭在房屋背后，盖一层石棉瓦（当然他们用的不一定是石棉瓦），走在这下面，有点像在外面，但实际上仍然在房子里，我知道这个描述得不算好，但你应该明白我说的这个感觉。洗澡间没有灯，摸黑洗的澡。

过道里悬了一串香蕉，熟透了，我刷牙时闻到，觉得很好闻，用力呼吸了几口。他们家的房子一点奇怪的味道也没有，是平常干净的乡下人家的房子，我没有觉得心慌。

夜里躺在床上睡，睡得很难受，可能在船上太久伸展不开，我浑身上下感到酸痛，夜里反反复复地醒来，就像还在船上一样，迷迷糊糊之间有点伤心，为什么上岸了还不能让我好好休息一个晚上呢。

我有点累了，明天上午还有工作，顺利的话，下午随货船回拉罗，又是一个星期飘在海上，希望还有力气给你写几句话。

4.
xxx，你好。

今天是库克的五月四日下午一点，我忙了一上午的工作，吃了两口干脆面，躺在床上给你写两句话。

刚才啃干脆面的时候有点难过，我这段时间每天想着工作，好像完全失去了自己，只是一个生物，这样活着罢了。

这也怨我，是这样的性格，但凡先前没做过的事情，都会莫名紧张，想这想那，生怕做得不好，其实就算我这么用

快到布卡岛时,海水平静得像一副油画。

力,结果并不一定会好,因为我本身就是比较差劲的人。只是用了心,稍微可以过得了自己这一关,不会过分自责。

　　昨晚和你写完几句话,翻来覆去睡不着觉,又刷了刷手机,没想到房间里微弱的2G信号能刷出朋友们的消息,写稿子的,出书的,卖书的,大家都在努力。我觉得离大家还很远,我有一个月没写出正经的文章了,有点担心自己,可是你知道,担心也是徒劳的,写不出就是写不出。

　　我在群里说了几句话,说想念大家,我是的的确确的想念，在船上漫长无聊的空白时间里，翻大家从前说过的话，想曾经有过的快乐时光。

我也想你，可是我们之间能说的话好像从前在一起的时候都说完了。现在我过着怎样的生活，于你而言过于遥远，何况我现在并没有很好，何必再徒增你的烦恼呢。但是啊，不晓得怎么回事，你就这样一直留在我的心里，我仍然想把生活里这些无关紧要的事情说给你听——用这样的方式。

后来我看时间差不多了，想着今天要起早，所以关了手机准备睡觉，可是翻来覆去怎么也睡不着，这样的情形和船上一样，明明没有力气了，就是没办法睡着。想想都绝望。掉头，侧着，躺着，蜷缩着，枕头挪来挪去，数绵羊，终于在一点前睡着了。

天蒙蒙亮，我醒过来。四月问我吃不吃面，水已经烧在那里了，我说好，刷牙时转念想还是不劳烦她做，我还有两包泡面，国内那种，虽然想留到回去的船上再吃，但想不得那么远了，我得吃点喜欢的东西才有力气干活。

四月对我很关照，昨晚的几件衣服，她清早起来帮我洗好晾在屋檐下，昨晚又拿几条鱼让我照自己的方法做，问我要什么配料，我说大豆油，她家里没有，马上让她儿子去别人家弄一瓶过来，其他其实也没什么配料，大蒜是磨碎和了盐的，只是有大蒜气味，和新鲜大蒜的味道相去甚远，另外就是盐和胡椒，没有辣椒！

煮了三条大眼真鲷，一条不认识的鱼，以为会很好吃，特意多装了一点饭，可是筷子没筷子，鱼刺又多，我拿个叉子吃得费力，何况味道还不算好，米饭呢，煮得太发，一股陈米气味，啊，我一个人坐在厨房默默吃着这些的时候，觉得真是伤心啊——好像每次吃不饱的时候都要伤心，哈哈。

无论如何，今天早上的方便面我吃得很满足，连汤都喝完了。然后联系渔业局和海关的人，又让拉多送我去码头，路上担心渔船是不是能及时赶到，结果路上的人跟拉多打招呼，说看见我们的船了。

潟湖边缘上几棵椰树。

到了海边，在天际线，我看见了我们的渔船，拉多听我说要用对讲机，又折回去拿。我站在潟湖前，这才清清楚楚看清这里的海，安静的潟湖像一面巨大的镜子，一直延伸到南边几个小岛，海浪拍打着礁石，溅起水雾，水雾来不及散开。远远看去，大片的椰树由白色水汽托着，宛如仙境。而脚边浅水静静流淌，几条接近透明的鱼游着，再细看，原来沿水流一线逆流悬浮着数不清的这样的小鱼，那几条乱游的，大概是调皮，从队伍里跑了出来。它们不算怕人，我走下水，它们才慢吞吞挪远一些。这时我看见一条有三四十公分长的鱵鱼，也是慢条斯理地游着，我第一次见这么大的。

　　拉多拿来对讲机，调在16频道，我喊我们的总船长，他回话了！我说我看见你们啦，哎呀，那一下真是蛮高兴的。他问我要停哪，我说反正往货船附近停就好，又问其他，我说和这边的官员马上搭接驳船出来，见面再说，你们过来就是。

　　5.
　　xxx，你好。
　　这会是库克的五月五日夜里两点半，我在下午五点半上船，睡了一觉，这会不晕船，和你说几句话。
　　今天早上在海上和我们的渔船碰面，见到老张和船上的小伙子们，忍不住有些小小的感动，似乎好久不见中国人的面孔了。老张是总船长，我们第一次见，他长得一副干部模样，后来聊天才知道他也是最近到我们公司，以前在国企渔业单位，他的确有干部样子的。

船上干干净净，船具整齐摆着，过道积了点水，应当是涌上来的海水，并不脏，上驾驶舱，我真是要说句夸张的话，驾驶舱冷气吹着，几乎闻不出船的味道。船长穿着宽松T恤、长裤，一身上下显得清爽，这样看着，才忽然觉察到，这是我们中国人才有的勤劳干净样子。我以后逢人都要夸夸我们的渔船。

不过只是短暂间隙里可以容我想这些，船上六七个外国人，要喝茶的，要上船检查的，最主要我还要帮老张和渔业局官员落实转载位置，我一张嘴有点做不赢，扯开嗓子喊，不一会就口干舌燥了。我觉得自己还需要更多的锻炼，往后才会从容些。

6.
xxx，你好。

这会是库克的五月五日傍晚七点，我火气很大。

昨天下午从布卡出发，不过六七个小时便到了那萨，天不亮，货船就在附近海域漂流，那时天还下雨，我们睡在外面，斗篷挡不住，我的床垫和垫单都湿了。

天亮以后，雨没有停，不得不去岸上继续等，天知道他们装货要多久。我对那萨印象不算很好，挥之不去的苍蝇，很多人还是住茅草屋，原本人就不舒服，看到这乱糟糟的一切更是难受。

　　等他们吃过饭——我只敢吃两根香蕉，因为牙医在岛上给几个小孩子看牙齿，又多等了两三个小时，终于上了船，好不容易睡着，黄昏时有个老头忽然哟哟噫噫地叫起来。他是个老师，一开始我还称赞他的口音很正，可他说话实在太大声了，又喜欢标榜自己——得意于自己在新西兰受过正统教育，吵得我神经痛。

　　任何时候，我们都要时刻谨记，羞于讨论自己。

　　我只好戴上耳机，听黄小祯的《大溪地》，想起你上班的地方，也是这个名字。有天周末你去加班，我也去了，你坐在小小隔间里，窗外一棵樟树晃动树叶。

　　有时候想，要放下你啊放下你，只有放下你，才可以继续去喜欢其他人，或者独立地生活着，可是想着现在想你的次数不算多，我原谅还在继续喜欢你的自己，毕竟喜欢着你的时候是快乐的，即便是难过，也是好的。

　　7.
xxx，你好。
　　今天是库克五月十一号的傍晚六点半，天已经黑了，我回到住处，洗了澡，给你写最后一封信。

我们星期一中午从帕米斯顿岛出发，在海上历经五十个小时，回到了拉罗汤加。出发那天早上吃了一盆炒饭，后来又吃了冰激凌，七忙八忙，不想又到了上船时间，我预先吃了两粒晕船药，结果在大家祷告时，我还是忍不住吐了。上了船，赶紧躺下来，从中午挨到天黑，又不知道熬了多久，才终于睡了过去，中间因为一身酸痛，醒来过许多次，然而也比醒着舒服。第二天早上，看状态不错，和隔壁铺位的大姐说了会儿话，后来风浪变大，头又昏昏沉沉的，没力气说话了，又躲回浴巾里。

似乎每天天黑那会儿尤其难受，我只好念各位列祖列宗南无观世音菩萨保佑，不停地念，好像真的得到了眷顾似的，胃里不再那么翻腾，不晓得念了多久，总算有一点睡意了，忽然又心悸，我疑心是没吃东西，加上冷风吹得厉害引发的。心悸来的时候真是左右不得法，我做了好几次深呼吸，这隐隐的绞痛却不肯散去，我觉得自己马上就要疯了。

这次睡去，很快就醒来了，大概想着总算最后一个晚上了，没想到这样更是折磨，睡不着，身体又不舒服，还有大段大段空白的时间不知要如何打发。第二天一大早，船上的老先生说十一点能到，我算着只有三个小时了，满怀期待，问船员，他们却说要下午四点，你知道那一刻我有多么绝望吗？每多一秒钟都是煎熬，何况又突然多了五个小时。

我真是气得想跳海，但又知道越是如此，越要沉得住气。于是又躺下，蒙在浴巾里，数绵羊，我数到一千五百头的时候终于短暂地睡了一会儿。最后，在十二点半的时候大家说看见了陆地，手机也终于来了信号，时间稍微过得容易一些了，这样，又过了两个多钟头，我们在三点上岸了。渔业局的塞还特地到码头看我究竟被折磨得如何了，我站都站不稳，他问要不要送我一程，我说有朋友过来接我了。

到中土，吴师傅做了辣椒炒肉，我颤抖着扒起饭吃，这餐饭盼星星盼月亮，终于还是盼到了。大家在我身后打桌球，听我说着海上的难，好像觉得很遥远似的，我也觉得无力，毕竟这样的苦我也形容不出究竟有多么苦。

我开车回来，洗澡，发现脸黑了很多，肩上晒脱的皮还没完全褪去，把所有衣服放进洗衣机，加了很多洗衣粉，用热水深度洗涤模式，得把船上难闻的味道通通洗去。

外面在下雨，院子里的朝天椒这半个月红了一大半，空心菜长出几支新芽，老的地方开了白花。我跟董哥说了句，回来了，他说明天再找我，看来明天又要开始工作了。

希望这辈子也不要上船了。

北方有孤岛

　　货船从来没有准时出发过，这次也是如此，从星期四推到星期六，终于在星期二的下午出发了。出发当天，用船上无线电联系上我们公司的渔船，约定一个礼拜后在布卡岛碰头。货船运输之物均为各个小岛的生活物资，如蓄水桶——岛国靠收集雨水作饮用水，木材，几十个冰箱里则是各类冷冻食物。

　　船上做事的人有六七个，有斐济人、基里巴斯人、库克本地毛利人，乘客则只有帕米斯顿岛比尔一家四口，他们家的朋友克莱格，新西兰人，一对母女，布卡岛的安，以及我，这些都是后面几天认识的，因为船离开港口不到半个小时我就开始晕船了,只好躺在船舱,从此接受长达两个星期的炼狱般的折磨。

我所在的船舱靠船头,有通风口,不过风无法吹到床上,只能靠风扇,和我同舱的是个胖子水手,休息时睡在地上,他个人卫生状况不算好,可以看到脚上结成痂的邋遢,味道重,每次空气里传来这股气味,我都无力招架。隔壁舱的小伙子则喜欢喷香水,浓烈,熏得人猝不及防。为了阻挡这些,我几乎二十四小时用浴巾蒙住头,并时刻涂抹风油精。

从星期二下午五点出发,到星期五凌晨才抵达帕米斯顿岛,两晚三天,就那样绝望地躺着,中间去厨房吃过一次早饭,一次中饭,后面就再也吃不下了,厨房怪味太重,而且全是肉类,我非常渴望吃一点蔬菜,幸好包里有几个苹果,我平常几乎不吃苹果,觉得太硬,而这次只差籽没吃了,啃得干干净净。想起奶奶说的,人饿起来的时候连吃草都是香的。

在大家的叫喊声中,我爬上驾驶室,同大家一起站在外面过道。暗淡晨光中,茫茫大海中现出几座小岛,小孩子们忙着指给我看,有灯光的地方是他们所住的主岛,其他几个则无人居住。由于该岛没有港口,货船只能停在潟湖外,靠接驳船接送人员和货物出入,铝制的接驳船,看起来很现代化。

自天亮以后,岛上的人忙着卸货,我由比尔的小儿子悉尼带着,去他们家里休息。先是洗澡,另一个年纪稍大一些的男孩子告诉我地方,又帮我把衣服和浴巾洗好并晾在外面。这男孩子是比尔的另一个儿子,叫耐德,很懂事的样子。这时比尔的大女儿珍娜已经把食物摆在了桌子上,有鹦鹉鱼和蛋糕,炸过的鹦鹉鱼蘸椰汁吃。大概是太饿了,一口气吃一整条,这个吃法在以后几个岛都有遇到,只是我再吃不下了。珍娜不过十四岁,作为大姐,她负责家里的起居饮食,父亲比尔负责捉鱼挣钱,母亲却日日夜夜坐在房间看电视剧。珍娜看我虚弱的样子,喊我志气公主——我的英文名字念起来像志气。吃饱以后,悉尼陪我绕岛走了一圈,地方小,十分钟能走完。

货卸了一天,到傍晚又该上船了。之前看比尔一家睡在驾驶室地上,很大的风,想必要比船舱舒服,所以这次我也睡在那里,可是哪里知道这天风浪很大,颠得我五脏六腑都要吐出来了,吐完以后,仍然找不到任何合适的姿势让自己平静下去。最后没得办法,只好狠心回到底下船舱,头痛得不知如何是好,我难受得叫了出来。不知怎样睡了过去,又不知何时醒来,反反复复,从浴巾里钻出来看通风口的光,亮了几次,暗了几次,以为已经熬到了星期日,一问,却还在星期六。

这样又熬一天一夜,于星期日下午到了那萨。那萨只

上图 帕米斯顿岛的潟湖。
左图 摇摇晃晃的海上。
右图 岛上主食鹦鹉鱼。

有孤零零的一个岛，总共七十多个居民，他们讲毛利语，英文是第二语言，所以跟小孩子打招呼，几乎都只是怔怔望着。岛上到处是苍蝇，抖也抖不走，让人烦闷。安在她婶婶家吃饭，非常简陋的茅草房，地上还是沙石，一张架空平板铺一层塑料布，几个小孩子坐在上面，想必是一家人的床了。见我吃不下东西，安的婶婶敲了个椰子给我喝，这也成了接下来好几天我的唯一食物来源。

那萨的货物比较少，坐立不安等待的时间不算太长，当天黄昏我们又上船了，下铺胖子做手势告诉我明天就能到，让我负担稍轻一些。

第二天下午，在船上迎着熠熠日光远远看见布卡岛，这时海面平静得像一幅油画，天上两道彩虹，偶有飞鱼跃出水面滑行，一只大的海鸟盘旋，除此之外再无他物，好像走了很远，又仿佛一直停在原地。

几个小时后，货船停下，再次上接驳船，布卡岛潟湖十分宽阔，不到膝盖深的水，几个人站在潟湖边缘甩钓，随船行进，角度不停变化，颇有电影里长镜头的意味。

上岸后，安放置好行李，载我去她父亲家住下，她父亲是布卡岛市长，当天晚上我们便谈好了工作，看来布卡岛民众生性乐观友好这话不假。

作物方面，布卡岛和其他岛一样，仅种植芋头，其他食物依赖椰子和鱼类。因为地处偏远，做法古朴，和广东沿海一带渔民的食物烹饪方式接近，主要为油炸和水煮。不过我们吃的时候一般会配大蒜和酱油，另外煮过的清汤中加一点青菜，尽量保持食物本真味道，吃法上就更丰富，即便我是重口味的湖南人，也能习惯，而岛上就是蘸一点奶白色的椰汁，所以我只能吃一小块。另外岛上的芋头质地硬，我吃一块要费很大力气，肉类则完全无福消受。地方偏远，物资匮乏，这两天并没有过多留恋当地美景，我盼望着回主岛拉罗汤加做湖南菜。

岛上只有2G网络，手机上网基本处于瘫痪状态，仅电信局门口有热点。我在那里上过几次网，旁边一户人家的小男孩盯着我看，他会说一点英文，看过中国电影，知道轻功。

他对我说"最高"（日语"saikou"的音译），我说"最高"是日语呢，好几个岛民们见到我也说"最高"，也许以前有日本船来这边捕过鱼？我问其他问题，他都是笑，可能没听懂，于是我继续上网，他也不走，我有些不好意思。这时他说他姐姐喊我去家里坐一会儿。我随他过去，在一间简陋茅草棚，不知哪个是她的姐姐，一个煮饭，另一个带小孩，问她们父母在家不在家，没人应我，尴尬地站一会儿只好走了。

走的那天，拉多送了一艘独木舟给我，他说这手艺是从他父亲那里学来的，让我不要卖了。我说不会卖的，以后有了自己的房子，摆在客厅。他听了笑一笑。安编了栀子花花环给我戴上，送给我两个圆滚滚的椰丝扫把，透明胶带缠好，上面写了我的名字。在码头，大人们坐在一起，有起头的人念祷告词，之后一齐唱歌，小孩子们在岸上追逐，有的扎进潟湖游泳，上了接驳船，大家忽然齐声大喊志气志气志气，我还以为发生了什么事，一问，才知道是在鼓气，难怪之前他们听到我名字都笑。

回程乘客较多，有两个老人家，七十多岁了，一个有心脏病，一个有肺病，去拉罗汤加看医生。头一天我心疼两位老人家要吃这么多的苦，后来发现他们能吃能喝能睡，胖的那个还能叫，说话底气十足，瘦的那个知道我在受罪，看我从浴巾里探出头，轻轻问一句还好吗，又时不时告诉我大概多久能靠岸，让我撑住。

回来因为货物较少，大家都睡在甲板，味道稍微好些，而且不闷了，但也先后经历了漏雨以及比去程更久更厉害的颠簸，折磨程度相当，我觉得自己像个难民。

第二天船又停到了那萨，我原本不想下船，可是前一夜的雨打湿了床垫，这装货又不知要多久，最终还是决定上岸了。岛民们合力做了一餐丰盛的午餐给过路的乘客，而我只剥了两根香蕉。

之后一个一个发言，说的毛利语，问旁边的人才知道，是在谈本次旅途的体会以及感谢那萨人民的热情之类的话。等他们说完，没想到把我也推了上去。

凭良心讲，岛民们倾尽全力照顾这些过路的人，应当可以说出许多感激的话，然而我实在状态太差，而且心系拉罗，草草说两句收场了，我心里有愧疚感，觉得枉费了他们的好意。

有个大姐对我说，我们这里日子很单调，每天见来见去都是相同的人，船来的这天是我们最高兴的时候，可以知道外面的消息，看看新面孔。听起来是很苦闷，但幸亏库克群岛居民持新西兰护照，年轻一辈可以去新西兰或澳洲工作，这样想来，又为他们好过一些了。

三晚三天后，再次登陆帕米斯顿岛，因为当天是星期日，大家不工作，因此在岛上歇息一天再走。我这时已经饿得快站不稳了，下船前让厨师给我四个鸡蛋，几根胡萝卜，并装了一碗米饭，必须要做点能吃的东西了。在布卡岛，我们渔船的船长听说我好几天不吃饭，把他最后一瓶老干妈让给了我，还给了三包泡面。他们在海上漂了三个多月，所剩物资不多，真是不知如何感激才好。吃了炒饭，洗过澡，又歇一夜，体力恢复了不少。

第二天早上，才五点，比尔即让大儿子耐德起来给所有人做早饭，其他几个孩子也被叫起来做祷告。我想起来自己小时候读书要每天起那么早，家务活几乎不干。耐德听了笑，说难怪你那么虚弱，你看我每天干活，身体比你

上图 离开那萨岛。
左图 比尔家的客人。
右图 离开帕米斯顿岛。

好。几个小孩子睡一间房，女孩子和男孩子中间隔一道低墙，上面拉布帘，风吹起来看到那边，一切整整齐齐的，和男孩子这边的混乱截然不同。

隔天我们上船，整整五十个小时，终于回到了拉罗汤加，高的山，以及路上行驶的车辆，提醒我回到了现代社会。我回到住处，简单收拾一下，躺在平稳的床上，心里很舍不得，害怕这样的日子就要到尽头了。后来找同学说话，一直说到夜里三点钟。

我在船上想过这同学好几回，大学毕业那年，我找不到合意的工作，她考上了研究生。有天在车站碰到，坐着说了会儿话。那时很羡慕她，后来我在现实的洪流中摸爬滚打，这些痛苦的回忆忘得差不多了，而那次对话的情形却一直留在心底。

车站来来往往的人，在孤零零又无望的世界里，身边有个可以说话的人，想起来是很温暖的。

去江西

　　离婚这件事上，只有我站姑姑这边。两个嫂嫂劝她不要离，桐梓湾那些离了的如今哪个过得算好呢？将来勇也不认她，老无所依。奶奶要死要活闹。打电话问爸爸姑姑最近来家里吃饭没有？爸爸不耐烦，说没来，也不想理她。打给姑姑，她说没事的，胡子，日子过一天算一天，想太多会疯掉。新男朋友我见过，赚钱比我们一家人多，带我吃海鲜，安排住酒店。看他对姑姑也算服贴。我小心翼翼问姑姑这个叔叔挣的稳当钱吗？姑姑勉强笑笑，他们这个行当都这样。我不懂他们大人想法，只是说着安稳比什么都重要的话。不多久，听叔叔说新姑父被抓了，让我不要跟其他人讲，是姑姑自作自受 。我问姑姑这几日好不好，她含糊，我讲叔叔告诉我了，她服了软，说一个人坐在店里哭，没哪个帮忙。我讲你跟我说。姑姑准备几千块钱和几身干净衣服，让我送去吉安的看守所。

　　我答完辩，收拾好行李。黄昏时停了雨，乌青的云，天空像一块通畅的画布，空气里奇妙的光，仿佛一副静止的画，画里夕阳柔和，草地上的光，长的短的，一棵舒展棟树浸在光海里，这样站着，想着要离开，心里舍不得。傍晚上的火车，醒来时黑夜已经过去，爬下床，窗外是熟悉场景。远山一座一座急缓有秩连在一起。矮的松树林枝头挂了露水，田里整齐的秧，深的玉米地，野草漫布的荒野及清早醒来的鱼塘覆薄薄的雾，一个老头挑了东西，两手伸开扶住摇晃的扁担，低头走在田埂上。在一口塘里看见增氧机，吐吐冒水，一定是户勤快人家。想起小时候周二阿公挑一篓青草回去喂他的黄牛，过下支塘，面上两抓嫩草顺手扔下去。年底打鱼，奶奶站在桐梓树下，枯黄的草，只看得见她肩膀以上，那样瘦小。财伯穿雨裤，一网下去，扑腾扑腾白色的鱼跃出水面，打到一条大的，太滑，几次抓不稳，财伯来了脾气，咬牙切齿拍在岸上，鱼离了水，又撞晕了头，抖两下尾巴老实了。

　　给李水南发信息，说去江西，问他要不要一起？他担心我一个人，说好，买两个人的票。到长沙是中午，他请半天假在家，做了午饭等。休息一阵，黄昏时我们又到火车站。李水南右手扣在眉头上，像个小孩子："哥，我看不清车次了。"他先前视力很好，听他这样说觉得心酸。他是程序员，日夜对着电脑，眼睛肯定要受伤害。我很快喝完一瓶冰红茶，李水南还没喝，半瓶倒给我。火车上Wi-Fi可看电影，他把书包架在我腿上放电脑，怕重，又拿回去。我们在衡阳转车，出站走很远不见吃的，夜风寂静，路灯下收破烂的踩三轮车慢慢钻进桥洞。再醒来火车已到井冈山，李水南精神很好的样子，一边耳机拿给我听，是赵薇唱的情深深雨蒙蒙。五年级看这个戏，依萍问爸爸要钱，爸爸不给，拿鞭子抽，看得人流眼泪。李水南听了憨笑，隔壁几个年轻人领口敞着，睡得沉，火车哐当哐当在黑夜呼啸而去。

  天不亮火车到吉安，在附近酒店睡了几个小时，早上喊摩托车送我们去看守所。问师傅钱和烟送不送得进去，他摇头："哪里可以哦？"可真是熟悉的哦。我大学毕业，离开南昌，眨眼五年过去了，听到这个语气词觉得再亲切不过。那时喊李水南得空到江西玩，他才从电脑学校毕业，一个月得八百块钱，连个固定住处也没有。没想到他来江西，是和我一起去看守所。我们从井冈上大桥上过，宽阔江面黄色的水静静淌着，水中央白鹭洲绿树幽幽。师傅原先在看守所待过，问怎么回事，他讲年轻时打了架。我问看守所打人不？他说现在不打人的，比从前规矩。出了城，想起身上没现钱，没办法，放下李水南，师傅带我折回去取。银行旁边是间包子铺，问师傅吃几个，他说三个，我买五个，他说太多了，我讲没事的，吃不完下餐热一下还能吃。我爱吃这里包子，给李水南也拎一袋，再看到他，他背着书包蹲在路旁一根草在地上画。

经过猪屎臭的猪场到了看守所，除一条路，两边山上长满松树。这天星期日，会计不上班，钱送不进。衣服可以，门卫一样一样手指过细按一道，我站在旁边大气不敢出。出去打电话给姑姑，姑姑说算了，钱筹得差不多，过几日她和这个叔叔的老弟一起来江西赎他。我总算舒了一口气。李水南第二天要上班，我们并不多做停留，和同学吃餐饭，又匆匆到了火车站。在站台，卧铺车厢下来几个透气的乘客，站在阳光下。红色车厢，夏天的风呼呼吹过，围栏外一棵大树树叶翻滚，透着白色的光。从北方来的火车，人寥寥无几，李水南笑："哥，横着竖着，怎么睡都可以呢。"他摊开电脑看电影，我拍了几张照片。

上图 南方的竹林。
下图 夏天的火车空荡荡的。

右一 湘赣交接处的小镇。
右二 像新疆一样的山和树。

又是一年卸鱼时

二三月，渔船陆陆续续从密克罗尼西亚转场过来，我申请了不少捕捞准证，其间又帮忙接待过几次政府团，事情烦琐，日子还算清闲。眨眼到了五月，鱼舱渐满，而那时大多数渔船在北方群岛附近，加之四月我去其中一座小岛，与当地海关、渔业局打招呼，并熟悉了当地转载条件，董哥因此把今年第一次转载安排在那里。此时我远在拉罗，船上没有会英文的人，进出关以及与渔业局的沟通都只能在电话里进行。外岛英文水平不如拉罗，官员们做事也更散漫，拿海关来说，一个事情先在电话里沟通两遍，邮件里写一遍，另外再短信跟进两遍，才有可能做对，而当地渔业局的官员是个酒鬼，常常九十点了，还不见人。船上催我，我打海关电话，打市长电话，打市长女儿电话，满岛找人。后来搞得烦了，去渔业局"诉苦"，人家护短，说没汽油啦，没法上船（我们在潟湖外转载）。第二次过去转载，我们干脆送几大桶汽油给他们，结果还是迟到。我不依不饶去渔业局讨说法，这时他们总算松口，说如果过了九点还不见人，我们照常转载就是。

慢慢渔场南移，这边国庆在即，董哥一拍桌子，把第三次转载安排在拉罗。去年他在，凡事有他出面。他带我去监狱找工人，这边犯人所犯之罪不重，可外出打工，周末可回家，监狱方面也想捞一笔收入，于是一直和我们合作。转载船来的那天，董哥在港务局用单边带和船上联系要怎么靠港，去货物代理那里预定转载用的货柜，给工人订餐，去农场预定蔬菜补给船上，请当地电工维修机器，事无巨细，看他周旋于各处，我的心里暗暗佩服。只是没想到这么快就由我一个人来做了。

如往常一样，运输船先到拉罗，船上还是原先那帮人，只是多了几个萨摩亚船员，这样就无须再从当地请工人。第二天周六，集市上电话费充多少送多少，公司规定，只有管理层的人才有电话卡，其他人得自己花钱，我想反正基地有现成的，把卡借给他们，帮他们充钱就好了。七八个人围着，要解释、要设置、要买流量，到后面

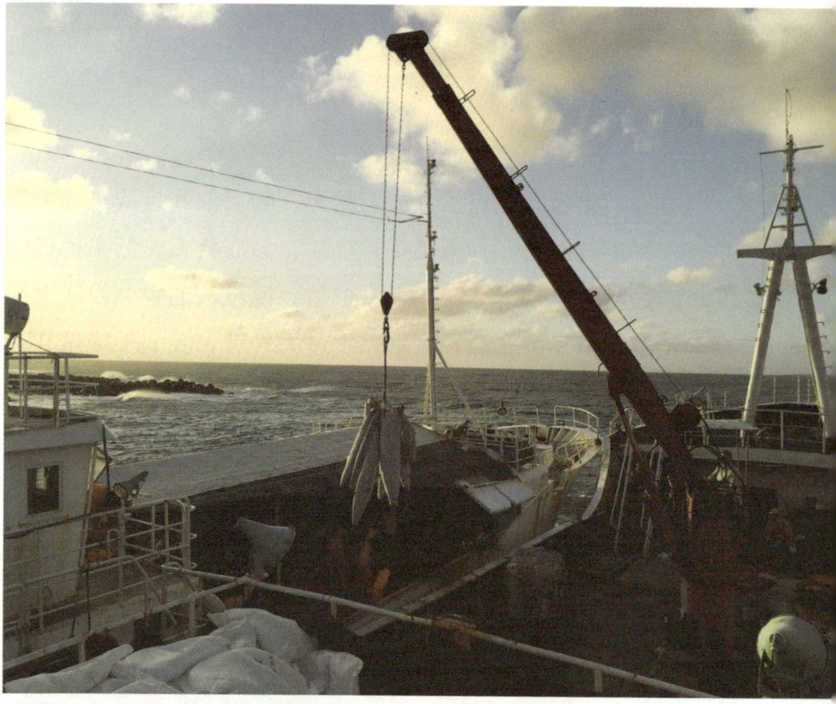
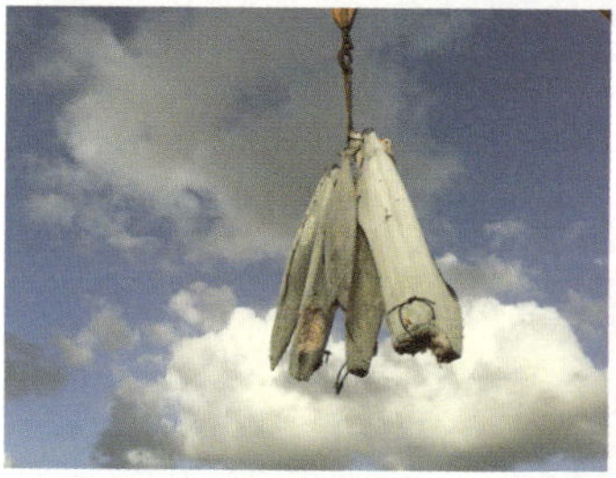
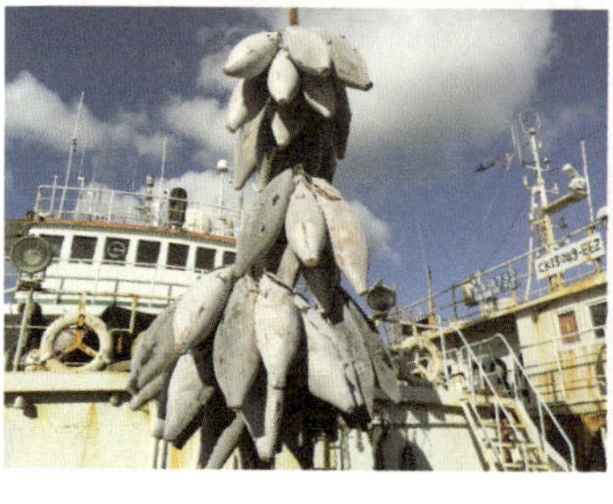
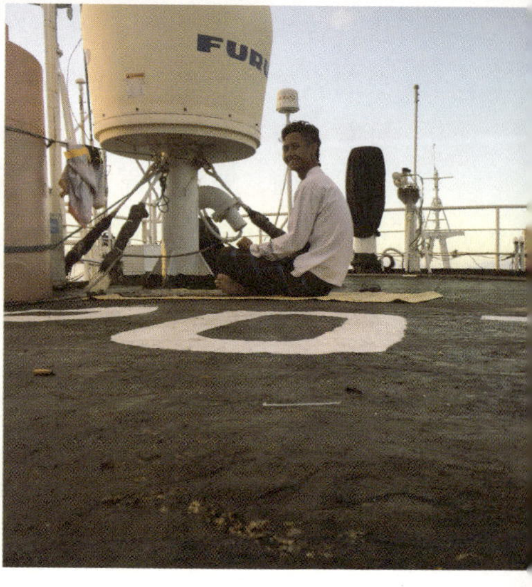
FURU

我已经没有力气讲话了,抱着大家出门在外不易、靠了岸都想跟家人朋友联系这个想法,一直耐心帮他们弄。

董哥说有预算请船上吃饭,于是带大家买菜买酒,在集市买了白菜、萝卜和豆角,还有很嫩的生姜,十新币一袋,买了两袋,还有一个不大不小的菠萝蜜,老板讲去过海南,说我们中国的菠萝蜜才叫一个大,张开手做样子,我连连点头。老姚是船长,看辣椒一块钱一个,不买,他还是挺节俭的,后来去超市看见大葱,拿到手里又退回去,我讲,想吃就拿,有预算,不要怕,结果买了不少肉,还有五六瓶红酒,预算超了,后面几样就不能买,又退了,其中一样就是大葱!船上的米好吃,黏性很好,我跟老姚讲,下次从国内过来帮忙带儿袋。他心情很好,连连答应。后来老潘说,老姚答应了什么你要赶紧拿,不然时间一久,他就反悔。讲实话,我脸皮薄,做不出那样的事。后来吃晚饭,老潘发话了,除了老干妈,老姚还给了榨菜、咸鸭蛋,啊,咸鸭蛋!我感到不好意思,拿了家里几条鱼,又弄了些木瓜到船上。

船上吃饭分三四拨,菜是一样的,只是印尼船员不吃猪肉,有些菜得另外炒。他们在过道吃饭,阿迪见了我,投诉有艘船的大副打印尼船员。我讲,我们已经警告过他了,再打人就开除他。阿迪会说英文,算是印尼人里的老大。他吃饭不用筷子,用手抓,一点鸡肉一点饭,揉在一起吃。那时太阳已落了下去,天上飘着晚霞,船顶一个印尼小伙子在做祷告，地上垫了席子，他跪在那里，后来注意到我，朝我笑一笑。我虽然不信教，但是喜欢他这样和自己独处的时光。

到第二天早上，听说船上的萨摩亚船员偷烟，我先是跟其中一个讲，这个人也非常讨嫌，到处借钱，我要不是听渔业局讲，差点也要在他面前吃亏的。我讲，"你们作为萨摩亚人，在外面要有骨气，大家都说你们萨摩亚人偷东西，你觉得光彩吗？他倒是没怎么还嘴，后来我见了其他几个，他们一口咬定没有偷。我没有证据，也没办法讲，只是说我们公司尽可能帮助你们，你说手指痛，我带你去医院，可是你们怎么对我们呢？你现在可以信誓旦旦说没有偷烟，那好，我相信你，但如果下次再有我们的人讲烟不见了，我们会扣你们工资，要是严重直接开除。"我能做的就只是这样，往后还是会偷吧。可怜我们的船员了。

过两天，渔船陆陆续续进港，白天我帮忙补给食物，带船员看病，处理海关和渔业局七七八八的问题，晚上回办公室继续安排第二天的工作，我的脾气变得十分暴躁，不再像才开始那样和和气气。有时事情安排不过来，船员个人的事情就只能推到一边，比如有个人要我买奶粉，我一直没买，他对我大吼大叫，我讲："你搞清楚，买奶粉不是我的工作，是帮忙，你吼我，我就会去？"（后来还是帮忙买了。）还有个船员因为手机上不了网，公司只有一台手机公用，我顾不过来，他就一直念啊念，念得我烦躁了，只好去吼另一个拿了手机的船员。一开始我对他印象很好的，是个小胖子，说话有意思。我问他辛苦不辛苦，他嘻嘻笑，说才开始会辛苦，慢慢习惯了。他骄傲地说，他跟船长是邻居！他还有那样年轻人的天真气，仿佛对一切还有兴趣。他说："哥，我手机数据线坏了，耳机也坏了，你得空去买下好不好？"我说这里东西贵。他一听，着急地说："你不要管贵不贵嘛，没有这些在船上连个歌也听不了。"我每天大大小小的事情没有停过，仍然抽空去帮他买了回来。但是后来他一直霸占着这个手机，直到我吼，才愿意拿过来，让我感到失望。

　　有天实在累不过，八点多回了办公室，鞋子没脱，倒在床上睡了过去，到凌晨两点多醒来，继续处理邮件，等忙完，天快亮了。我很沮丧，因为自己在如何管理别人这事上丝毫没有上进心，可如果做不好，又会一直这样疲惫下去，直到耗光最后一点力气，最后不得不离开。可是以后要去做什么呢？我也不知道。

　　这天货船要出港，我们的船开到潟湖外飘着，陆地上留了三个船员买东西。我带他们买完东西，又回办公室做事。天一直下雨，担心他们没有吃饭。和老张一起去码头看，三个人可怜兮兮地站在仓库的屋檐下，见我们去了开心地招手。把他们带回基地，饭菜热了热，喊他们吃。他们见院子里有辣椒，摘了一些。

　　又有一天，是轮机长，也因为手机卡的事情吼过我。后来帮他弄好，他的态度好了很多。他的衣服穿坏了，剩下两身体面的，舍不得穿，平常在机舱干活就不穿。他请我带他去买，在路上听他说一说船上的事。原本他在我们公司做，有十多年了，后来去浙江的渔业公司，待遇方面更好，但船况差，他想来想去还是命要紧，又回来了。他是福建人，上了广东人的船，讲吃的方面不适应，广东人的稀饭是用干饭加水煮出来的。我听了好笑，想起自己早几年才去湛江的乡下育苗，也是吃这样的早饭，很能明白他的不适应。后来船快要走了，各人都在舱内休息，这时渔业局有人来要鱼，他正好在，喊两个人扔鱼到岸上，我正要去捡，他哎哎拦着我，自己去了。他这一拦，我麻木了几天的心，又变得松软些了。

凤凰木。

二十七岁去远方

我满二十七岁没几天出了国,这是从来没有预料到的事情。以前在外语系还有这样的念头,后来在外面做几年事,都不算顺利,就再没想过了。之后去读研,四月交完论文在网上找工作,简历多投广州或深圳。五月终于有份心仪的工作朝我抛来橄榄枝,地方在广州天河,那里高楼大厦,是一家做国外房地产的咨询中心。我英文一般,尤其笔头功夫普通,但那一年我在学校接了不少翻译的活,虽然初稿都是靠机器,可校正总要花点功夫,时间一长,看到大段大段的英文心里已不再发怵。面试前一晚又跟姐夫用英文聊了聊,他一听,觉得没问题,让我放心大胆去。我好像真觉得这份工作势在必得了一样。

学水产那两年，大多时候待在乡下，我不甘心，我渴望城市生活，想着只要在城市落了脚，就会渐渐认识兴趣相投的朋友。樟木头到广州有和谐号直达，也正是看中了这其中的便捷，方便节假日回家。

到广州，先去见了家瑜，家瑜是网上认识的，他在一家出版社做编辑，发过我两篇文章。他的文章我也都看过，写他在轻轨上的见闻，中文系的生活以及故乡的小事，笔调很轻，应该是个沉稳的年轻人吧，我在站台等时这样猜测着。这时电话响了，我接，见远处有个人朝我挥手，想必就是家瑜了。

家瑜个子不高，也许是经常踢球的缘故，脸上和手臂晒得黑，穿的一双球鞋。他笑眯眯的，随和，请我在他办公室小坐，泡茶给我喝。他喝茶的样子慢悠悠的，有点像电视里机关人员的做派。他拿一本散文集给我看，写的是村庄的一些事情。他应当是看我经常写乡下的事情，以为我会喜欢，但我觉得有点枯燥，写一段景，便不免俗套地鼓吹远离人群的乐趣，而这样的优越感很伤害文章。之后家瑜请我在附近饭店吃饭，为照顾我，特意点了辣椒炒肉，他说他能吃一点辣，但其实不能的，看他止不住地喝水。

吃过饭后去面试，虽然笔译做得不算好，但洋洋洒洒谈了很久，心想应该没有问题。从大厦出来，看车站只有几条街远,于是走路过去,想多看一看这座高楼林立的城市,以后得空可以去看家瑜踢球,周末和宋老师一起去植物园,还有些许久不见的同学,有机会可以请大家一起在住处做饭吃呀。边走边满怀期待地幻想在这里安定下来以后的生活。我穿着新买的皮鞋,因为袜子短,脚后跟很快磨破了皮。这好像是个不祥的预告。之后左等右等不见答复,终于有天鼓起勇气打电话过去问,对方说不合适。我这才不得不承认,自以为十分坦诚的"夸夸其谈"在面试时应当竭力避免,但我就是这样一个人,假如以另一个身份得到这份工作,以后都将必须用这个身份工作下去,我知道自己无法长久支撑。难过一段时间后,新的面试机会又来了。

其实这是这份工作第二次找我,当初投简历的时候,看工作地点在库克群岛,我甚至都不知道世界上有这个地方,图好玩随便投的,所以,第一次收到面试电话时,我委婉拒绝了,以为是骗人的中介之类。没想到他们还会再找我一次,对方说我学过英语和水产,很适合,希望能认真考虑。我也实在是走投无路,在网上搜了下相关资料,确定是正规工作后,约好某一天去面试。

巧的是羊角在附近上班,那天早上我特地六点多起来,炒了两个菜带过去。地铁快到站时,忽然接到人事部电话,对方说公司有些临时状况,让我改天再去。而答辩在即，我没有时间来来回回地跑，我坚持这天面试，对方无奈地说，那行，你要做好心理准备。挂了电话，心里一紧，果然没什么顺利的事情会发生在我身上啊。上楼后，我被眼前一切惊到了，门口挂了白色横幅，几个男人在门口说话，办公室里面一群阿姨奶奶趴在那里哭。原来是几个月前发生海难，家属觉得赔偿不够，又来闹了。我站在那里，仿佛一切都失去声音。如果是我出事，趴在那里哭的就会是我的妈妈，她是多么可怜的一个女人，老实本分一辈子，如果到老还要经历这些，实在太可怜了。这时人事部的小姑娘来到我面前，说抱歉，事情发生得突然，情况你也见到了，要不下次再来。我呆呆地点头，又呆呆地下了楼。

好像被掏空一般，失神走到羊角上班的地方，无论如何，做好的菜要拿给她。如果那天羊角准时到了，接下来的事又会是另一番模样吧。而羊角就是羊角，她说很快到，但至少迟到了一个小时。这一个小时我坐在人来人往的书城，看群里说答辩的安排，招聘的信息，我忽然感到不甘心，给姐姐打电话，姐姐说既然心里这么不安那就不要去，工作努力找找还会有其他。姐姐说得在理，可像我这么难搞的一个人，换过好多次工作，合适的谈何容易。我又给王叔打电话，王叔在建筑公司做预算，他年纪大，见过的事情多。他听完，问我这工作要不要上船？我讲不要,平常在基地待着。他于是哈哈笑,那你有什么好怕的?何况意外在哪个行业都有可能发生。我好像就是需要这么一个人推一把,于是又给人事部打电话,对方说老板在忙着处理现场,无法保证今天能抽出时间见我。我悻悻地挂了电话,这时羊角也来了,我从书包里把菜拿出来给她,正要说再见,电话又响了,人事部说让我快回去。这样,我找到了这份工作。

回程火车上,天已经黑了,下起暴雨,远方雷声滚滚,玻璃窗上密密水珠吹成几条线,看着自己疲惫不堪的脸,想起一路以来的不容易。即便如此,还是落得这样一个被动局面,离父母远去,去一个陌生遥远的地方两年,没有朋友,我很怕的呀,人生真是太难太难了。我咬紧牙,尽力不让自己哭出声。

处理完学校的事情,六月底入职,计划八月初出发。有天接到一个电话,对方说一口好听的宁乡话,猜很久才知道是周燕春。他说下班从塘朗过来找我吃饭。我担心了一天,因为不知该说什么。高一我们一间宿舍,他在六床,我在八床,靠窗相对。他长得黑,肩膀耸起。他那时写毛笔字,成绩也好,当班长,而我是个很闷的人,彼此来往不多。我知道他家里一点情况,两兄弟,靠妈妈一手养大,他俩也争气,如今都在这边安家了。在地铁口见到他,他穿着红色T恤,没从前黑了,只是头发稀疏,略显大人疲态，但牙齿很白。他好像变了一些，谦逊，不显摆，等位时一直说着话。我们家庭差不多，靠自己努力才有如今的样子。我们吃的烤鱼，他也爱吃。下次见面不知什么时候，他结婚，有了小孩，离别时加了微信，我看一圈，明白我们终于还是有很大的不同，其实不太会再联系的吧。我想起他高中时的样子，甚至记得他那时候穿过的衣服，早上他煮面，跟其他室友谈历史说笑的模样，我觉得有点伤感。

这一个多月，我几乎每个周末都回家，当我坐在星期五晚上回樟木头的和谐号上，想起从前羡慕曹艳琴在深圳上班，周末回常平见父母，而现在我也做到了。很不容易才走到这一步的，往后还会有很难很难的时刻，还会有更多的欲望，会忘记很长很长时间里我需要的只是这样一点点。

我有点感动，于是在日记里写了上面这样一段话。

日子如期而至，我已经把所有在深圳能见到的朋友或同学都见了一次，可是哪个能料到，出发前一天上厕所不小心把脚板骨头摔裂了。脚上打了石膏，不得不在家里多休养一个月再出去。我白天黑夜地躺在床上，脚痛得不知如何是好。爸爸看我痛苦，请来附近诊所的胡医生给我敷药。胡医生将石膏拆下来，我感到舒服多了，他把一盒刚和好的草药一点点糊在我的脚背上。草药很烫，胡医生说烫才起作用。我听他的话，见他用干净纱布一圈圈再包好。他一共来了七趟,再过一段时间,渐渐感觉受伤的脚可以作劲了。

在家差不多闷了一个月,头发疯长,浑身上下散发着阴暗的气息。有天夜里决定试试走路。厂门口两个小孩子泡在充气水池,一个光屁股起身浇水到另一个头上。天桥楼梯旁一株羊蹄甲伸长枝叶,夜风里健壮的模样。上次,忘记多久前,叶子还是孱弱地垂着。路边有人躺在长椅上吹风,狗趴在旁边,树影在清凉的光里拂动。五金店老板和他几岁大的儿子蹲在大门口,钻头在纸盒上钻出一个洞,小儿子抬头对着他的爸爸笑。远处山下,吊塔支臂尽头一盏灯小心又均匀地闪着红光。

以后每天晚上,我都沿着相同的线路,走到高架桥下便利店前坐一会儿,然后回去。有天刚下楼,见对面修理店的老板正拿着橡胶锤敲电机里的铜丝。五月回湛江,爸爸喊他开车送我到樟木头搭车,是个客气人。我喊,叔叔过几天我就要走啦。他忙着做事,说不能陪我。我说不坐,去走走。他又问我爸爸在哪里打牌,我说我不问爸爸这些。天桥上热闹了些,两个小伙子坐在台阶,脚边放了吃的。桥上一对恋人,靠得很近,大概是在接吻。带了暑气的夜风吹过来,走到小卖部,店门依旧关着,也许是没生意,老板走了。店门口可乐桌前靠着一张招工牌,招八个保安,两千三到三千一月,包吃住,穿着夹板的年轻人路过停下来看一看。他们年纪那么小，保安是很寂寞的工作，也许没有去做吧。

等脚差不多恢复好了，回公司报道，确定九月初出发，正好还能在家里过二十七岁生日。

生日那天，和爸爸、妈妈、姑姑、姑父在外吃了饭，晚上又去唱歌。家人舍不得我，我何尝不知道，在一阵欢乐之后，就真的要说再见了。

出发前一个晚上，我要去外面散步，爸爸说他也要去。我洗澡，他在楼下小卖部等。我们一起去药店买了藿香正气丸和感冒药，中暑和感冒是我每年要得的病。他说有样感冒药格外好，我要出钱，他拦着，我讲公司有报销，他说报了你自己拿着也一样。他还帮我买了一根皮带。路边打印相片的，一块钱一张，过塑的两块，我们洗了两张，一张是爸爸送我上大学，一张是生日那晚他和姑姑一起唱歌。想起还要买手机支架，我们一人买了一个。

我想再过两年回来，也许会忘记这个时候和爸爸走在一起的心情，觉得很舍不得。而当我写下这句话的时候，时间刚好过去一年，我就要二十八岁了，出差在遥远南太平洋很小很小的一块陆地上。

去彭林

　　马图拉在机场接到我，说房子已打扫好了，地方不远，骑摩托车十分钟的样子。一路椰树林立，零散几座房子，少有人住。下了摩托，他领我上楼。三栋架空的棕色木头房子，我住中间最靠里的一栋。房子是渔业局的办公室及招待所，不过似乎只有马图拉一个员工，一年到头又难得有人到这出差，空荡荡的房子便显得十分冷清。
　　房里一盏吊扇转着，吹来滚烫的热气，哪里待得住人。马图拉见我汗流不止，于是搬一张矮的单人床到客厅窗户下，风一吹，顿时凉快不少。他说岛上没猪肉，从家里拿了些火腿肠、鸡肉和油盐米过来，让我先吃着。冰箱只有急冻，我带的蔬菜不能放，天这么热，恐怕没几天会坏掉，但也没什么办法。我来时，担心行李超重，只带了一瓶酒送他，现在看他这么热心，心里过意不去，把几样零食和飞机上发的饮料给了他小孩。

简单收拾下，做了饭吃，觉得疲惫，躺在床上休息。窗户没鞑子，风一吹就关上了，只好一而再再而三地反手推开。这一觉睡得难受，醒来头有千斤重，这时听见几个年轻人的声音，原来是送摩托车过来，他们走后，天也渐渐暗下来。我到附近转一转，见楼下有一片南瓜地，不禁打起如意算盘，过几天实在没蔬菜吃，嫩的南瓜藤掐来炒一炒也是顶好的素菜。

入夜后，拿了衣服去房子尽头的浴室洗澡，走廊两边房间的门虚掩着，浴室窗户只有一张薄布，不时由风吹起。打开水龙头，水落在塑料的浴池闷头闷脑响，这声音恐怕要惊起房间里沉睡已久的骷髅人。这样一想，吓得全身的汗毛都竖起来，心尖一阵冰凉。我转过身，拉开布帘，什么也没有，试图镇定下来。然而对着镜子洗衣服时心里还是十分不安，生怕一抬头就看见镜子里有人站在背后，于是把衣服洗得飞快，逃一般地回到客厅待着。

可能是天热中暑，背气①背得厉害。没有带药，又没办

---

① 背气，意为喘不过来气。

法给自己刮痧，只好打打火罐。以前在家奶奶用量米的升子，放张纸进去烧一烧，然后扣在肚脐上，扣得很稳。而我只找到一个喝水的玻璃杯，卫生纸撕多了烫手，少了扣不稳，试了好多次才终于结结实实地吸住。

岛上没3G信号，和表姐说几句话，要等很久。记得小时候我们都很胆小，听大人讲鬼故事要捂着耳朵才敢听下去，如今她们在城市，到处灯火通明，再也不用担心这些，而我兜兜转转又回到了害怕的起点。望着吊得很高的尖的屋顶，灯光幽暗，把出国前从西华舅舅那里求的护身符紧紧捂在胸口，这一夜简直不知道是如何熬过去的了。

第二天清早，骑摩托车出去探路，沿途到处是螃蟹打的洞，摩托还没到跟前，它们早已举着钳子飞快退回洞里，像打地鼠似的。骑了一小会儿，房子渐渐多起来，大概是到了小岛中心。这时有人朝我打招呼，原来是坐同一趟飞机过来的妇女主任瓦林和她的下属达波图，她们问我昨晚睡得如何，我讲太热了，一个人住那么大的房子很孤单。她们便问，要不你过来住？她们的房子与潟湖只隔了一条路，大风呼呼穿堂而过，很凉快，而且冰箱有冷藏室。我顾不得客气，马上回去收拾东西搬了过来。

除了害怕，其实还想找人帮忙刮痧。我试着和她们解释，准备一点冷水，做样子给她们看如何刮，无奈她们两个都夹不起我背上的肉，我想实在夹不起，那掐也成，

上图 和瓦林去挖贝,一无所获。
左图 岛上无所事事的年轻人。
右图 海警船上伸懒腰的警员。

只是掐起来太痛了。见我背上发紫,她们担心地问,你不会告我们虐待你吧?我笑着摇摇头,说不会的。那时正好奥运会,菲尔普斯的背上也满是火罐印,我讲,大概原理是一样的,你们只管掐。这样掐了好一会儿,终于打起嗝来,一股两股的气涌上来,总算顺了一些。结果夜里睡觉,吹一夜的风,早上起来又感冒了。

喝了一上午的热水,并不见好,病快快的无心工作,只好去医院看看。医院没有医生,只有两个护士,护士见我不咳嗽,喉咙也不痛,说喝多点热水就会好。我讲,喝了的,但不会好,以前感冒,如果不吃药,只会越来越严重,是我体质太弱。于是护士给了两排止痛药和消炎药。问多少钱,她们说不要钱,我只好多说几次谢谢。回来吃药,换了背风的床上躺一会儿,终于觉得有些好转了。

和往常一样,除非出门办事,一般在房里待着。带的两本书,经常翻一翻,又或者看硬盘里的电影打发时间,黄昏时再出去走走。机场那边过来的路都已熟悉,于是往前面去。没走多远,眼前一栋海边的房子挡住去路,两个妈妈带了小孩子坐在那儿,我原本想打个招呼便走,她们却说前面已经没路了,其中一个又把椅子挪到我面前,拍一拍,让我坐下。她叫新地,孩子一岁半,长得壮实,走路稳,只是还不会说话,他很调皮,我们大人说话,他把手里的糖甩在我脸上。新地骂他,我弯腰下去,问,你不是故意的，只是想和我问候对不对？来，我们握握手，他也不退缩，憨憨望着我笑。

这时新地的父亲回来了，挺着大肚子，是教会牧师。他看我在，请我到屋前坐，那里对着潟湖，风大，很凉快。真是一座好看的房子，面前一小块沙滩，修了很小的码头，方便接驳船出入，现在有三艘翻过来扣在岸上。房子围着沙滩，一道长的弧形走廊，上下两层，白墙绿窗，暗淡发黑的海面上空一片亮的晚霞。

这小小院子让我想起舅爷家，他家屋后也是围了一块地，并不封顶，一边搭棚，可以烧火做饭。大多数乡下人家都有这样两套厨房，屋子里的按照城市里的格局装修好，烧煤气或煤，但老人家不太舍得烧这些，因此在屋外另修一个烧柴禾。这院子里还打了井，打开后门，外面大片农田，再远是唐市大街密密的红砖房子，车子来来往往，那样遥远地热闹着。

离开湖南一年有多，如今置身这南纬九度茫茫太平洋中央一粒沙子般大小的陆地上想起这幅场景，听着潮水的声音，冥冥中仿佛回到了故乡。

感冒持续了一个星期，这期间摸清了小岛的大概情况，和当地居民开过几次会，事情做得差不多了，却还要等一个星期才有飞机回去。岛上待着，本就无聊，看看冰箱，红萝卜只剩一根，梅干菜最多能做四餐。正发愁，看见拉罗来的巡逻船停在码头,听人说阿妮卡在船上。我二话不说爬上去,问可不可以见阿尼卡,对方问我是什么人,我讲是她朋友,这人挺好,转过身就在广播里喊她名字。

阿妮卡从船舱爬上来,看见她很高兴,抱了抱她。她带我去饭堂,到处干干净净的,她泡一杯茶给我喝,我说:"茶真好喝。"她问:"岛上没茶喝?"我讲:"有的,但和坐在这里喝不一样,这里有冷气呢,你不知道我每天头发是油的,看见我皱纹了吗,这么深,牙齿也没从前白,你看这张脸,晒得又黑又糙。"她听我卖力地倒苦水,笑得直拍桌子。

我讲:"真的,洗澡室没蓬头,用瓢舀水洗,又不敢用太多,白天风大日烈,一天之中没几个时候是觉得身上干净的。"她听着笑,起身端来几片油炸面包,我一吃,吃出来鸡蛋的味道,好像从来没觉得鸡蛋这么香过,三片都吃完了。后来要走时,阿妮卡小声说:"晚点上岸给你拿一颗包菜。"

等了一天,阿妮卡没有过来,后来碰到,她说船上的蔬菜也不太够,不好意思拿。我说不要紧的,再过三四天我也该回去了。而就在山穷水尽的时候,我们的渔船来了小岛,安排加了几车淡水。船长请我在船上吃中饭,有牛百叶、豆腐,都是我喜欢且很久没能吃到的好菜,这一餐便吃得很饱。走前,船长还给了三包老坛酸菜,几包笋干,真是意外的惊喜了。

走前一个晚上,在对面小卖部闲聊,老板娘又问起,怎么不在渔业局的房子住。我讲那里太偏僻了,白天都难得见一个人。她问:"难道没看见什么?"我感到不可思议:"莫非有人看见过什么?"她便说:"以前有人在那里住,见一个红衣女人带了小孩子站在窗户外面。"她这一说,想起第一夜的情形,我吓得不轻,皱着眉头问:"是开玩笑的吧?"她明知我害怕,还笑着说:"不是,很多人都见过!"

这下可好,瓦林去朋友家喝酒了,小卖部九点多钟要关门,去找达波图,她还在辅导岛上的年轻人如何用电脑算账,我陪她们坐到十点多,她说她也要去瓦林那里喝酒,我只好鼓起胆子走回住处,四下一片寂静,只有夏威夷来的游艇在黑暗无边的潟湖里慢吞吞闪着光。

货船离港,下次再来可能是半年以后了。

彭林岛见闻

出发前夜里，收拾行李，又跟姐姐聊天到深夜，只睡了四个小时便起来去赶早班机。彭林岛同样没有固定航班，一直订不到位，这次很意外，出发前一天忽然有人不去了。

起飞前，拉罗正下雨，飞机冲出重重乌云后，很快看见日出，天上没有一丝浊气和尘埃，日光通透，而上下云层翻涌。小飞机飞得平稳，只是噪音很大，靠着窗户勉强睡了一会儿。不到一个小时，飞机在阿图塔基降落，接另一个乘客。降落那几分钟，因为气压的缘故，感觉眼球快要爆出来，泪流不止，耳膜也十分痛。阿图塔基名声在外，潟湖宽阔平坦，基本来库克旅游的人都会到这个岛上来看一看。不过我只在机场逗留了几分钟，不知外面风景如何。

左图 潟湖里的小岛。
下图 平静潟湖上一片很小的陆地。
右一 雨天的海边小屋。
右二 岛上的机场。

小小的机场角落有个小店，卖甜点和咖啡，和想象中不同的是，东西还算平价，买一个面包，分量很足，不过两块五纽币。临走前，买了一盒口香糖和两瓶水，十块钱。回到飞机上，没想到座位上放了一盒食物，是一瓶水、一个苹果、一块三明治和两包零食。三明治夹的鸡蛋生菜和一层类似午餐肉那样的东西，还挺好吃。

　　这一飞就是三个小时，烈日灼灼，我再也无法靠着窗户睡了，换了很多个不舒服的姿势，只见飞行员用遮阳布拦在前方，看看报纸，感觉飞机并不难开。睡睡停停，还没有到，从窗户往下看，飞机飞得不算高，看得见海水起起伏伏的轮廓，只是一动不动，有时看着远方的云，像极了潟湖外涌起的海浪，于是地上一片海，天上一片海，让人分不清虚实。飞机有时从两团巨大的白云之间飞过，前方豁然开朗，眼睛盯着海面，心想要是能看见我们的渔船就好了。

　　远远望见陆地，彭林岛到了。和谷歌地图上看到的卫星图一样，两溜窄的陆地，中间围了潟湖。飞机转弯，眼前一条坑坑洼洼的跑道，不少人在跑道尽头的亭里迎接，给下来的乘客戴上两串很大的鸡蛋花花环。飞机并不多做停留，加完油就走，这时大家在亭里唱歌，一是欢迎乘客的到来，二是欢送即将搭飞机去拉罗汤加的亲人朋友。这样的送别仪式在每个岛都有，除了唱歌，还有牧师祈祷。

　　这是我第二次到外岛出差，彭林岛位于库克东北角，是最偏远的一个外岛，加之纬度很低，当天我就中暑了。听起来很虚弱的样子，但来库克这么久，也就是病了那一次。

渔业局给我安排的房子实在荒芜，坦白讲，我一直非常胆小，平常和朋友一起看鬼片，大家不是被鬼片里的鬼吓到，而是被我的尖叫声吓到。我想象力比较丰富，一般看完一个鬼片，至少要一个月才能平复。像小时候看过的僵尸片，到现在依然心有余悸。

我这次到岛上出差，一是考察彭林岛的基础设施，包括码头、机场、医院等，二是向岛民介绍我们公司的发展计划。这个岛不像布卡，布卡岛的居民开明，我四月去那里，跟他们市长谈了谈，人家就同意了。而彭林岛排外，之前有人想在那里投资设立高级酒店，莫名其妙就被否决了，所以，我们公司也是小心翼翼，一切坦白，一切事先沟通，态度非常诚恳。

彭林岛面积也不大，但是个环礁岛，中间围了巨大的深水潟湖。两个村子隔水而望，岛上最繁荣的时候有七百多人，目前只剩下不到两百人。和其他外岛一样，年轻人都去新西兰、澳大利亚做事。岛上生活之贫瘠，除非从小在那里长大，否则一般人要长久待下去的确不容易的。

说起贫瘠，拿现在人最关心的网络来说，岛上无3G信号，手机上网基本无望，而Wi-Fi热点只有一两处，费用贵，限制流量，而且慢，想看视频需要很大的耐心。又拿我最关心的吃的来说，岛上没有超市，有几家小店，卖的主要是罐头、冰冻鸡肉和羊肉，零食方面更是匮乏。最主要的是，岛上没有蔬菜！

不过我也见过一片南瓜地，只是品种和家里吃的不一样，可惜的是，这块地在渔业局招待所后面，我压根儿就不敢回去那里。当然，岛上鱼多、蟹多，比如几斤重的椰子蟹，贝类也有，但无奈我不会抓，而且又分不清哪些有毒、哪些没毒。总之，对我这种毫无野外生存技能且习惯享受现代生活便利的人来说，在外岛生存真的太难太难了。

工作方面，考察小岛基础设施不难，骑摩托出去多转几次，逢人聊一聊，在码头一带量一量测一测，很容易就摸清楚了，但向当地人说明我的来意不算容易。在第一个村子还好，说完以后没什么人反对，提了几个不痛不痒的问题，勉强应付了过来。到第二个村子，有几个人跳起来说不欢迎你们公司来，场面十分尴尬，要用英文进行这种关系到政治层面、生态环境等方面的辩论型交流，我还是第一次。其中一个提了些稀奇古怪的问题，我pardon（请她重复）了两次，她把腿瘫在前面一张椅子上，坐没坐相，欺负我英文不够好，还对我翻白眼，紧张得我想当场跑掉。另一个老头呢，英文可能也不太好，我无论解释什么，对方就是一副"我不要听我不要听"的表情。那三十分钟，感觉有一个世纪那么长，最后还是渔业局的马图拉帮我解的围。

　　我感到十分沮丧，做着这种超过自己能力范围的事情。后来就找马图拉聊天，马图拉安慰我，说你不要灰心，几十个人在那里，反对的不就三个，又说起那个女的，家里开小卖部，原来是担心我们运输船来了会影响她生意，另外两个就是政治层面的考量吧。看大体形势不算太坏，跟上司大概讲了讲。没过几天，公司就派了在附近作业的一条船过来。我因此与当地海关、农业部、卫生部、港务局等相关部门（麻雀虽小，五脏俱全）沟通好，进出关的流程走一遍，心里就有数了。

彭林岛的孩子们。

想要和大人一起去挖贝的小孩子(乌石,雷州)。

做苗

才刚立春,气温骤然上升,三月将尽时,日光已如盛夏般明亮刺眼。清早,船工从海里捞几十吊贝到岸上,场里请的女工们搭好棚,将贝笼从板车拖下地。每吊四到五层,一一解开绳子,这时拎起底部,抖一抖,贝倒了出来。一个个足丝彼此牵连,女工人用柴刀小心断开,敲去附在壳上的藤壶,有时黏的牡蛎,敲出来攒在一旁,待收工后带回家做菜。贝清理干净,重新分笼,放回海里继续吊养,过几个月,原本半空的贝笼又鼓起来,如此反复清理和分笼几次,就可以开始准备插核育珠了。师兄交代我,从这批贝里挑出性腺饱满的做亲本。我拿一个开壳器,坐在棚下,挑个大的开，除了看性腺发育程度，还要看公母和内壳颜色。

　　此前，我已将育苗室中一切准备妥当。育苗室是一间长的平房，窗外是大海，涨潮时，海水一层一层漫过来，舒舒地响。师兄讲室内光线要暗，不然易生硅藻。我在饭堂找来硬纸盒贴，胶纸没几天就松了，只得从外面拉遮阳网，这一拉，彻底遮住窗户，屋内阴凉下来。几十个桶刷好，摆三排，逐一进水并通气，气管是像打点滴的那种透明小管，尽头垂一枚气石，气石布满小孔。这样做，一是防止气管上浮，二是将气打散，丢下去，密密麻麻的气泡从桶底冉冉升起，是时候做苗了。

　　我把贝打开，一对一配好对，师兄再检查一次。马氏珠母贝的性腺颜色区别不大，从表面看不一定能区分开，用指甲稍微掐出缝隙，挤少许，如果是浑浊米白色液体，则是公贝。母贝性腺几乎要挤尽，滴在装了海水的红色小桶，公贝大概只需挤三分之一的样子。挤完搅匀，经滤网倒进育苗室大桶中。如此反复，腰也痛了，终于做完了几十桶。

　　到晚上，师兄用手电照水，光束里飘了灰尘一样的颗粒，他说成了。我听了高兴，这是第三次做，每次重做前期工作实在是不轻松。

　　到第二天，滤网在桶中捞几捞，把没有滴落的水摇一摇，摇到一处，用胶头滴管吸了放在载玻片上显微镜下看，受精卵已经发育成D型幼虫，贝苗成功渡过第一关。

接下来该投饵料了，饵料是师兄培育的扁藻。其实金藻最适合做开口料，足够小，且消化吸收率高，但坏就坏在做大池培养时难以成为优势种，相比起来扁藻则容易得多。

一开始饵料投得极少，怕单胞藻把苗压死了。与此同时，每天要捞苗在显微镜下看，根据胃里食物多少增减投料量，实际上，贝苗一天一天长大，最开始用量筒投几百毫升，后来就可以直接用瓢舀了。

四月初，师兄也要开始做苗了，和我做实验不同，他是工厂化批量育苗，规模大了不知多少倍。这天他喊我去海边挑贝，每天在场里，能跟着出去透透气，我感到十分高兴。

挑贝的地方在下郁村，开车不算远。路上楝树长满新叶，往路中央挤，像一道绿色长廊，桉树颜色也更活泼了些，木麻黄不再是冬天发黑的绿色，偏黄，像是要换新叶了。光秃秃的鸡蛋花，枝头长出细小叶子，有些已经完全长成大叶了。人家围墙边上的三角梅开了更多的花，玫红色的花瓣透着最后的春光。

车子停在路的尽头，往前走就是沙滩了。许多人在杀贝，杀的白贝[①]，取出来的肉装在泡沫箱，里面放了冰块，

---

① 墨西哥湾扇贝。

一箱一箱垒在汽车上，运往湛江。墨西哥湾扇贝个头虽小，但闭壳肌大，养殖周期快，一年养两造，一造能杀三个月。沙滩上贝壳成片，主要是白贝和红贝。红贝的真正名字是华贵栉孔扇贝。师兄要的就是这种。红贝雌雄异体，做苗时要等自然排卵。像我做的马氏珠母贝就简单粗暴一点，直接把贝杀了，取出精卵混合就好。

　　海上多是一对一对的夫妻档，丈夫兼职船工。清理贝苗是细致活，贝苗附着在网上或铁丝上，手指一点点抚下来，不能用力，双手整日泡在海水，发白发皱，是辛苦的事情。贝苗长大一点，就要清理一次。成贝也要不时拿回岸上清理附着的寄生物，有牡蛎、石灰虫，以及很多我喊不出名字的奇怪生物。

　　师兄的贝挑好了，大概一块钱一个。他说最近只有他家的贝比较肥，因此价钱高，平常只要五六毛一个。我问师兄红贝零售价钱，如果是杀出来的肉，在湛江卖十多二十块一斤，很便宜的。但到深圳，一个活着的红贝得三四块钱。深圳也能长红贝，但为了保护环境，许多海域不给养，要靠外地供给。

　　正要走，主人家问要不要拿一点吃，我捡了20个，拿回场里洗净，斩去末端黑色粪便，下猪油，加白菜梗爆炒，不放盐，放酱油和耗油，我是湖南人，要加一点辣椒。大火炒，汁很厚。起锅，淋一点汁在米饭上，能下一碗白饭!

　　苗在桶里长着,每天要投料,脱不开身,日子苦闷,只得傍晚散散步。岸边有村落,有养殖场,村子边缘长了高高的木麻黄。屋前种的多是黄槿,心形的叶子,长得厚,压得严实,底下房子黑漆漆的。有老人走出来,闪一下,又到房子背后去了。有对夫妻在围墙旁边清理贝笼,丈夫面前吊着好几吊贝,两人闷不吭声,要等天黑才收工吧。

　　我走得远,一直到上次挑贝的地方。木桩下几片崭新的沙子,白天挑贝的人铺一层布,现在布掀走了,一旁堆了厚厚的贝壳。岸上的水在沙滩上汇成流水,海水倒灌上来,水里游了一群一群的小鱼。海水很快退回去,它们还来不及散,我捞起来,圆滚滚的小鱼,一扭,跳走了,有着微微的力量,像是大海的心跳。我站起来,细细看,这样有水流的地方聚集了许多小鱼,那么密,忽上忽下,像春风吹过水面。

　　但大多数日子我不会走那么远,外面一个人也没有,心里难免发慌。不去沙滩时,在虾塘边坐一坐。几口虾塘进了水,投下虾苗,水是棕色的。有些虾塘还没投虾苗,底下撒了石灰,海水进满之后,整个虾塘就是悠悠的蓝色,真想跳下去游泳啊。开了增氧机的塘里,增氧机像蒲滚船一样浮在虾塘四角,卷起白花花的水。这样的水看起来是鲜活的。我光着脚,在塘边,一直到天完全黑下来。

上图：我在挑选亲贝准备做养殖实验。
左下：根据内壳色配对。
中下：培藻用作贝苗的饵料。
右下：挑来做亲本的红贝——华贵栉孔扇贝。

左上：散步后在虾塘边上坐坐。
中上：即将运往湛江的白贝——墨西哥湾扇贝。
右上：师兄和养殖户聊天。
下图：受精后变成的D形幼虫。

做苗这段时间师兄很忙，不知道什么贝就排精卵了，他打了手电去育苗室绕一圈回来，进我屋说两句话。他的育苗室是栋很长很长的房子，里面砌了好几十个大池，一进育苗室，温暖潮湿的空气迎面而来，我晚上一个人不敢去，即便跟师兄一起，也是紧紧跟在他身后，还总疑心身后有什么东西。做苗这个事，有的年份轻轻松松能做出来，那有时，就是不成功，身为场里的技术员，压力很大的。师兄大学毕业后一直在场里，每年老师派不同的人去场里做实验，靠他指导。他见我不开心，跟我说起以前一个学姐，也是日子难熬，日哭夜哭。我听他这么说，觉得自己总算不是第一个，又觉得没什么难的了。他有时带我去镇上吃夜宵，海边有一线大排档，主要炒海鲜，也卖鸭架子。我们点几样，又从不远的店里买来沙冰，边喝边等，聊聊他的个人问题。场里有人过年时给他介绍一个，大家一起吃饭唱歌，女孩子大方，师兄也很努力地对她好，眼看有戏，结果有一晚女孩子喝醉酒，回去遇到几个同村的混混，非要拉着她再去唱歌，师兄不肯，一来二去，就打起来了，还惊动了派出所。师兄有气，女孩子却还帮着混混们说话，师兄索性放弃了这门亲事。

　　到五月，总算可以下板了，如果贝苗成功附着，这批苗离成功就八九不离十了。贝苗附板后，饵料需求进一步增大，可以像大池一样直接用抽水机抽藻进去，绿色的水不过一两天就变白了，贝长得飞快。

到六月，一天师兄说可以洗板了。头一天我做好标签，找齐贝笼，约好船工。第二天清早起来，师兄知道我一个人忙不过来，喊来几个女工帮忙。这时贝苗还需用纱布袋装着入笼，不然会漏掉。待全部装好，把贝笼放到板车上，拖去海边，船工也准备好了，接过这几吊，开船出去，吊养在海里。

夜里听见唱戏的声音，师兄问，去不去看？我说好啊。师兄带我从树林里抄近路，到处是坟地，我有点怕，问他这问他那，好转移注意力。戏在村里放，台下坐满了人，后面有人卖吃的，不少小孩子聚在那，我们买了冰激凌，站在最后。唱的雷州戏，我听不明白，心里仍然感到快乐。

等戏唱完，师兄带我走海边回去，沙滩上月光皎洁，一脚深一脚浅踏着。

苏瓦月古

来库克上班,是在斐济转的飞机,听说那里中国人多,吃的也很丰富,但一直没机会去。后来去萨摩亚出差,有天在码头顶了明晃晃的太阳看人卸鱼,董哥说公司要在斐济买一批鱼,让我去那里看看渔获质量。于是匆忙订好机票,半夜去了机场。天亮时下的飞机,一出舱门,见到绵延大山,太阳要从那边升上来,云是暗淡粉红色。机场成百上千的鸟,机翼上,两架飞机之间空荡处,叽叽喳喳,站得挤密,不知为何由着它们在这里。出安检,换斐济币,买了两瓶酒,又在出口处买了电话卡,广告上有专门中文页面,电信的小哥小妹帮忙设置手机,看样子对中文系统很熟悉。出大门，到处立了隔板在做建设，场面显得混乱。问到搭车去苏瓦的地方，不多久大巴来了，四个多小时的车程，一夜未睡，这时无论如何支撑不住，睡了过去。

醒来还有一半路程。山间植被郁郁葱葱，藤蔓挂满枝头，无处不在的火焰木，稍稍遗憾是过了盛花期，欠了气势，但还是美。大巴开在沿海公路，转一道弯，眼前叠叠层层的山，迎着日光，弥漫在无边水汽之中，真是一块美丽的大陆啊，心里不禁感慨。

下午睡了长长一觉，起来去吃晚饭，店里大多是亚洲人，对面桌三个日本人，喝酒说话，其中一个瘦瘦小小，样子像宋老师。窗户是开着的，天渐渐暗下来，忽然一阵凉风吹来，一个人慢慢吃，吃得很饱。

听人讲苏瓦治安不好，街上有人专门抢中国人，夜里想要出去散散步的念头只好作罢。

第二天早上，渔业公司派人接我到码头，一再嘱咐，到船上只管做我的事情，一切卸鱼工作由他们安排，免得引起误会。到船旁边，鱼已经卸了一会儿，没有吊机，几个人从鱼舱拖出鱼，又经鱼槽推进货车。船长站在旁边看着，埋怨工人来得太少。我跳上船，从包里拿出温度计，才想起没有电钻，问船上，大家并不热心，船长说事情归大副管，他不清楚。他瞄我一眼，问："你来买鱼的吧？"我点头。他说几个鱼舱都是打的超低温，质量肯定没问题。我讲那是那是，看鱼鳍各处砍得挺整齐，你们船做事细致。我找到大副，说借电钻，他答应得好，结果很久不来。这时甲板还有几个人没做事，其中一个头发卷的，听他说话，以为是韩国人，搭腔才知道他是四川人，是船上的渔捞长。他倒十分热情，听说我要电钻，跑回船舱拿一个过来。正要牵插线板，岸上送来一把激光枪，这可省不少事，枪朝鱼嘴往深处打，一打温度就出来了。因为每个鱼舱里的鱼都要抽样，脑子里几个舱名闪过，却分不清其中区别，苦恼当时在自己船不用心，而这会儿董哥也不在旁，心里发怯，只好试试渔捞长的语气，他见我似乎听不明白，问我要了纸笔，将几个舱的布置一一画了出来。

临近中午，装完这车，船上要吃饭，我于是坐货车到装柜的地方。货车与货柜间两三人宽，顶上覆遮阳布，角落摆一盆水，码鱼工人进柜前水靴伸进去探一探，中间铁架摆称，工人一边站一个，接货车上卸下来的鱼，摆好，报数，外围一个接，递进货柜，整个过程一气呵成，五六吨渔获半点钟的工夫就装好了。工人们关上柜门去吃饭，我在附近打一个盒饭，吃完，坐在阴凉处休息。工人们陆陆续续回来，纸板铺地上，躺上去眯一眯。到两点钟，货车装鱼过来，见卷头发的渔捞长下车，我问："你怎么来啦？"他手里拿着钥匙，原是来跟鱼，怕半路有人手脚不干净。

苏瓦月古码头。

我做完事情，过去和他打招呼。隐隐约约觉得他长得像舅爷家的劲松叔叔。有一回劲松叔叔到洞庭水库看他的姑姑，他在大坝防洪提上走，我在下方，家里难得有年轻客人来，这印象便一直留在那里。到很多年后再见劲松叔叔，他已是三个孩子的爸爸，少年仿佛一夜之间变成大人。我有点恍惚，问渔捞长名字，他说："贾史月古。"我一怔："什么？贾史月古。那你是不是少数民族？"他说："是啊，黎族。"我又不解："黎族不在海南？可明明上午还听你说是四川人。""对嘛，黎族，四川大凉山。"我这才恍然大悟："是彝族？"他说："嗯。"我问："你怎么出来跑远洋了？"

　　他于是讲了讲家里的事情。月古小时候，爸爸是货车司机，他们家是村里最早买电视机的，但有次车翻下山，爸爸走了，不久母亲也生病走了，他有两个姐姐，大姐十八岁嫁的人，但直到月古小学毕业才住去丈夫家，怕他跟过去受气。到十五岁，月古出来，建筑工地做过几年，后来听说跑船赚钱，经中介在台湾船跑了几年远洋。有五六年吧，后来该结婚了，回家待了三年，现在老婆在家里带孩子，两个男孩。

　　这时鱼装完，听见有人喊："月古，走了。"他得跟货车回去了，我留了他联系方式，等得无聊时，问问他码头那边卸得如何，这样一来二去，等待的时间也不再遥遥无期。这天装鱼装到夜里十一点，还剩一点第二天装，得了他的照应，事情才更好安排。中午渔业公司请我吃饭，到夜里，我想请月古吃餐饭，一问，他说和船上的人在一起。我说："要不等你吃完，更晚一些去吃夜宵？"他说你不要浪费钱。到八九点钟，他发来消息，说和朋友在新歌兰唱歌，问我去不去。我问新歌兰是什么地方，他说就是船员们经常喝酒唱歌的地方。我一头雾水，问酒店的人，没想到他们竟听明白了，路不远，其中一个送我走过去。我看店门口有卖小吃的，想要买给他，他却笑着说不要，转身回酒店值班去了。我抬头看招牌上写的是signal（信号），心想他们这个名字翻译得好。

酒吧一片嘈杂，喝了酒的男人左右抱着女人唱歌。月古坐在大堂沙发上，旁边一位大姐，见我去了，忙倒酒给我喝。月古问："你会不会？"我讲："不怎么会。"于是他伸手去挡，讲："不会就不要喝"，又起身买了瓶冰红茶过来。我凑过去他耳边，小声问："这大姐不是小姐吧？"他磕瓜子，笑着说："不是，是我老乡，过来一起喝喝酒。"我问："你不找小姐？"他说不找，拿出手机给我们看他老婆给他缝的彝族衣服。大姐说："那衣服都土得要命，就你们还穿。"月古脾气挺好，说他觉得好看。我感到很开心似的，陪他们喝了几杯，斐济的啤酒好像比其他地方更淡。他们把我送回住处，没有吐。

第二天我在苏瓦街头转了一圈，到码头，月古他们这天装饵料，之后去锚地飘着，很快要出港生产了。到夜里，我站在阳台，望着空荡的街头，夜风吹过来，我想月古这会在做什么呢？心里忽然有一点牵挂，感到很难得似的。发消息问他，得不得空吃点东西，他讲和同事在一起喝酒。我想既然凑不了这个热闹，就去见面说声再见吧。

在新歌兰楼下，前一晚我见他在店里买过烟，是中国人开的，于是我也进去买两包。等他过来，把烟塞到他手里，我讲你去喝酒吧，我明天该回去了。这一回他没有过多推辞，接了烟，帮忙拦车，说以后让我去四川看他。我讲，好呀，你在船上好好照顾自己。

勇的暑假

每年暑假勇到父母做事的地方，舅舅舅妈就要笑，这是哪里来的黑伢子？勇的个子一年高过一年，长得竹子一样快，但趟趟来都是又黑又瘦。姑姑掐一掐他的小腿，你看，没什么肉，这个月少跟我出去晒点太阳。勇抿嘴笑，姑姑就伸手作势要揪他的耳朵。勇出远门，爷爷奶奶舍不得，但也情愿他出去的："他顽皮，这时节水库放水，渠道水深，我们操心不住。"又转身交代勇："到了你爷娘那里要听话，外面不像乡里，车子那么多，一个人莫到外面瞎走，晓得吧？"勇听得不耐烦，又碍于旁边大人，只是点头敷衍，说好咯，要得。两手拽着袋子，迫不及待往外要走了。

　　姑姑姑父租一间房，白天去上班，勇在屋里写作业，看看电视。隔壁住的老乡，也是一家三口，爸爸妈妈在电子市场做生意，儿子初中没读完，在出租屋打电脑游戏，有一阵了。妈妈念他要多读书，将来过得轻松点。"你们没读书，现在不也好好的？"小哥呛回去。道理讲不通，久而久之也只好妥协。"如今他还年纪小，送去做事没地方要。"他的妈妈很是忧虑，跟姑姑讲要勇去他家坐，七八岁的勇在十四五岁小哥眼里能有什么意思，倒是姑姑大概(大方的意思)，放假时在楼下摆一张桌子，三个人围着打扑克。

　　勇从前并不黏我，五六岁到外婆家，天黑了哭着闹着要回家，我好说歹说，他只顾着哭，果然是被爷爷奶奶宠坏的小孩子啊，跟我一样不讲道理。等我再长大一些，渐渐看到自身由细养成的劣性，又摆脱不得，遂生出厌恶自己的情绪来，而这时勇忽然爱学起我的样，饭桌上我吃什么，他吃什么，连着青菜也夹两筷子，睡觉他靠在旁边，越推，他越起劲似的。一来二去，我没了辙，听我叹气，缩成一团的他忽然笑起来，害得我也笑。

　　我二十岁那天，请了一天假，姑姑讲："你带勇去爬山。"勇怕是在屋子里待闷了，高兴得手舞足蹈。我讲："爬山很累的，你莫爬到半路喊要回去，而且啊，我不会背你的。"勇听了，很认真地答："哥哥，我保证不喊一声累，保证不要你背。"我说："好，要是你反悔，以后都莫想跟我再出去。"他见我松口，又笑起来。小哥的妈妈听说我们要去爬山，也很高兴，一定要小哥一路去。看着小哥天天坐在电脑前一定很心焦吧。这样我们三个人就去爬山了。

　　山真高呵，没想到最先趴下的是我，勇见状，也伏在陡峭的坡上，觉得好玩一样地笑，他不知道我都没力气起身了。走走停停，最后总算爬了上去。山上一尊巨大观音菩萨相，三个人拜一拜，坐在长椅说话。我问小哥："怎么不回去读书呢？"小哥说："实在听不懂老师讲的。""那要不学门技术？总要学点东西的，即便你的爸爸开店，也是懂电子这些，生意才能长久。"小哥点头。这时风吹得瘦弱的尤加利左右摇摆，天上很快起了云，涌成一道一道黑色波浪，仿佛就在头顶，将山下密集广阔的楼房笼罩起来。担心淋湿要感冒，不敢多作逗留，匆匆往山下赶了。一路问勇："辛苦不辛苦？""不辛苦！"其实他脸都红了，生怕我看透，故意提高嗓门答复。不由得有些心疼了。

　　过几年我毕业，出来做事，是份操心的工作。而姑姑和姑父争吵，姑姑搬回厂里住，两人担心影响勇的学业，到暑假便不再接他过去。勇的姑姑接了他，一家四口，也是外面租的单间，久住想必无聊的。有天我带他出去玩，在公园收到工作的短信，苦差事，见我愁眉不展，勇安慰道:"哥哥,你莫烦躁,凡事都是先苦后甜。"我笑他竟然说起大人的话来。划船,到处看了看,到天黑我送他回去,他不肯,说还想去我住的那里坐一坐。吃饭时,他挑最便宜的点,我问:"怎么不要其他?"他嘻嘻哈哈说就想吃这个。默默吃着,他把另一半咸鸭蛋递过来,我问:"你不爱吃?"他说:"不爱吃,给你,你开心点。"上车前,我给他零花钱,他不肯要。我执意要他拿着:"哥哥小时候贪玩又好吃,好想有个哥哥或姐姐给零花钱,我想你也一样吧。"他苦涩地笑一笑,还是不肯要:"你工作都快没了,还要租房,会养不起自己。"我说:"傻瓜,哥哥那么没本事吗?"

到第二年,我做起了英语培训老师,姑姑和姑父已经到了离婚边缘。到暑假,姑姑问是不是可以带一带勇,我跟上司讲好话,上司同意勇到我的班上做旁听生。这样,白天他在学校待着,课前听写单词,他无法全部写对。我批评过他两三次,到后面也不再讲。中饭由头天晚上做好,一人一个饭盒装着,有的菜他不爱吃,剩在饭盒,我见了生气,心想,难不成还像个小孩子一样挑食吗?日复一日,不想暑假就要结束了,那天从学校开完例会回来,见勇捧着平板电脑在隔壁室友房间玩,房间被刺眼的日光蒸得滚烫,窗台上一匹功率很低的风扇垂头丧气吹着。吃过午饭,我睡一觉,醒来去客厅,从门缝里瞥过去,勇还在玩。到黄昏，我板着脸说，莫玩了，收拾东西走吧。

勇从床上爬起来，把平板电脑放回桌上，捡好衣服，我担心资料书不够，又钻到房间书桌底下，翻出两套中考试卷，嘱咐他回去要好好做。他不接话，只见他脸颊通红，满头大汗，问我十滴水放在哪儿。这才知道他是闷在房间太久，中暑了。找到十滴水，连水也没兑，一口气吞下去，辣得他眼泪直流。等他在凳子上休息会儿，我问："可以走了吗？"他怕我担心，故作镇定地说："走吧。"

书包很重，除开两身衣服，其余都是课本，但好像从没拿出来翻过，简直跟我读书时候一模一样。天气闷热，浑身黏糊糊的，吃饭的地方冷气不足，两个人没什么胃口，漫不经心吃着。想到即将离别，有些话还是要说。

"知道为什么这么多天我们很少说话吗？"我问。

勇抬头，不解望着。

我叹口气："因为我不是一个好哥哥。"

"你挺好的。"

"如果是，不会让你玩游戏玩到中暑，我的生活糟糕，但拿自己没办法，看着你不上进的样子，就仿佛看见自己，觉得没有资格说你的不是。"

不等我说完，勇带着哭腔说："那不是你的错，是我做得不好。"我讲："你还小，没有自制力正常，但我是大人，不能督促好你，是我的不对。"

吃过饭，带他买了三件T恤，一条裤子，一双鞋子。上车后，累不过，靠在勇的肩膀上。他的肩膀还很瘦弱，可是小心脏那么有力地跳着，我想起姑姑。我像勇这么大的时候，在父母那过完暑假，走前去姑姑家和她聊会儿天。夜深了，姑姑送我到巷子口，嘱咐我要努力读书，听奶奶的话，然后一定塞零用钱给我。我心疼姑姑，她有自己的家庭要照顾，但她对我的关心从未少过。姑姑是个欢快人，小时候教我吹口哨，夜里和我一起唱歌，还帮我洗头，每次我和爸妈闹，她还要小心翼翼帮我爸妈说好话。不知道怎的，竟然有点想要哭了。下车后，勇走在我前面，我拿钱给他，又不免俗气地嘱咐他要好好读书，每天做点题目。

把他送上楼，他的姑姑和姑父打开门，勇一见到他们，突然号啕大哭起来。姑姑说一定是舍不得哥哥了。我一时无措，只好装作轻松的样子笑话他："傻瓜，有什么好哭的。"他哭得肩旁一耸一耸，说这段时间辛苦我了，又断断续续说："一定让我向欣哥永福哥刚哥（我的室友）表示感谢，谢谢这段时间他们的关心。"我说："好，一定帮忙转达。"

走在回去的路上，想起自己平常一副冷冰冰的样子，勇却那么相信我，把我当作重要的人，甚至为我流眼泪，觉得太亏欠他，心里觉得再难过不过了。

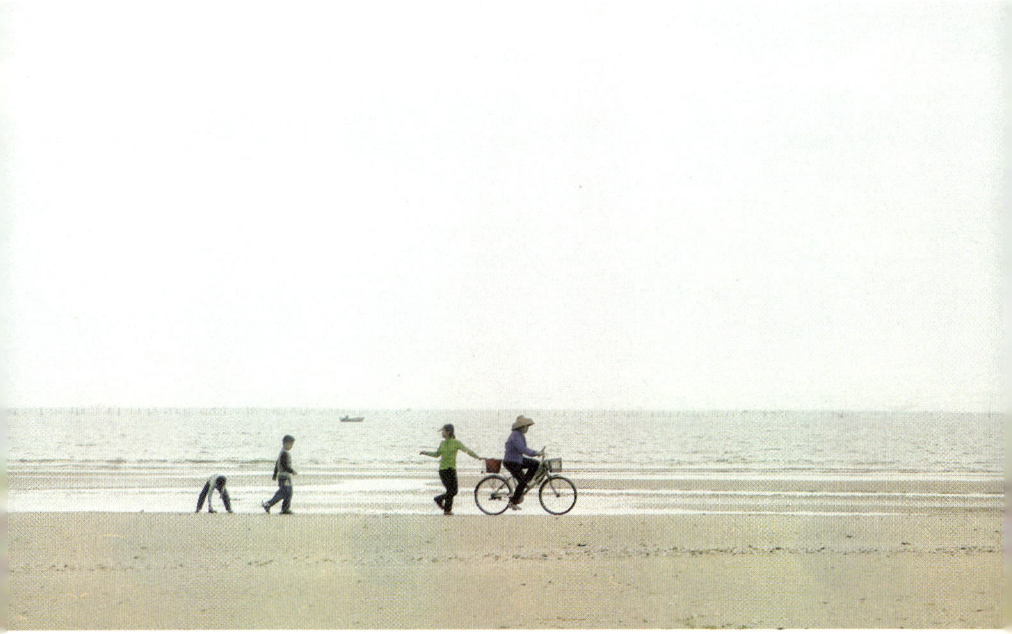

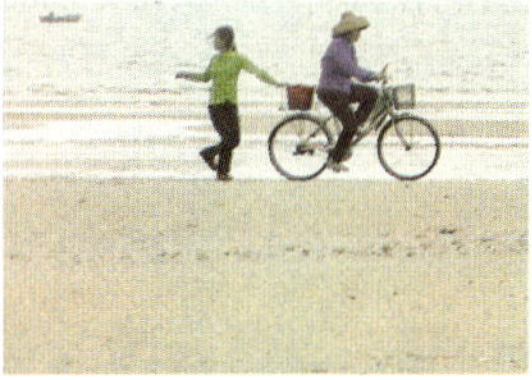

回春

"胡子,你怎么走路?"爸爸在田埂上喊。

"我想走一走。"

"你秋哥哥送我们,莫走路,回去那么远,落雨呢。"

"一点点雨,落不湿。"

爸爸总是担心的,我不再应他,挥挥手朝前走了。

两山之间一块大的腹地,是碧绿稻田,一条河,一条公路,从中间过,对面山下房子隐在迷蒙的水汽里。五月的益母草成蔓延之势,从低洼处长上来,到人腰身,淹没原本狭窄的路。到大队部,回头望多一眼喻家湾,鼓风机吹的黑色拱门耷拉下来，大人们忙着送桌椅，撕白色对联，难得见面的亲人最后热络一阵，不到日中，众人散去，一切归于沉默。

从这条路走回去，是我和外婆最后的告别。

喻家湾属回春，过河上对面的山，经杨华、太乙居，翻一座山，到薛家湾，最后过长托里，走出一个弯，看见水库副坝，就是快到屋门口了。

过河两条路，从外婆家出来，对直走到河边，蹚水过去。很小时，爸爸背我过河，他卷起裤脚，一手提了鞋袜，弯腰让我伏上去。他没怎么打赤脚走过路，河底沙子和鹅卵石硌脚，他每一步走得试探地，我伏在他后背，听见水声，不敢说话，心想真是一条大河啊。终于爸爸一脚踏上岸，松气似的哎一声，放我下来，抓来干的稻草擦干净脚板，穿回鞋袜。另条路转些，在上游，是我现在走的，有座桥。桥是小桥，没有护栏，不过两三人宽，这样的桥原先还有一座，是进唐市的必经之路，桥更长，那时大家骑单车，过桥时不再骑，小心贴着过身，十多年前由大水冲去了。

小桥这头有两棵枫杨，看个头像这两年新长的。桥那头连着人家的水泥地坪，楼房多少年不住人了。几岁时从这里过，是座上好楼房，墙面粘了绿色酒瓶敲出来的玻璃渣，那时很时兴的。站在桥上，河里水少且慢，和幼年时

奶奶小的时候来这里捡过柴。

艾草已经完全将路淹没了。

所见气势相去甚远。然而我还是喜欢这房子,屋旁一条渠道从这里入河,地坪边一棵楝树。倘若人像从前一样多,开个铺子,在烟雨蒙蒙的五月,大人们打麻将,小孩子树下钓鱼,有一点遥远的忧愁,像旧时未散场的梦。

雨渐渐大起来,细丝一样看得见,有的田里荒着,集了水,长出密密细细的浮萍,几只土鸭闷头戳食。我从这里上山,山上一间变电室,如今空了,面前一茬荻草齐屋檐高。阴沉沉的天,围墙上砌琉璃瓦的人家,顶楼搭了葡萄架,旁边一座小学,名仙女学校,大概是就南边仙女峰得来的好名字。有一年,妈妈带我从姨妈家出发去外婆家,经过仙女峰,妈妈踢到块石头,一个趔趄跪下去。后来到外婆家,姨妈就笑,说军辉还在仙女峰就给娘老子拜年了。妈妈又痛又笑,撒娇一样对外婆说:"姆妈,我的牛仔裤都磨烂了哩,痛死了。"外婆伸手去摸,问:"军辉,你怎么秋裤都不穿?这么冷的天。"妈妈得意地笑,说她只要风度不要温度。那时妈妈不过二十来岁,正是青春爱美的大好时节。

从仙女学校下来,原本只是湿润的头发现在水滴不止,衣服贴着后背,担心相机进水,躲到人家屋檐下避雨。到处空荡荡的,只在仙女学校的操场望见一个男人耸肩飞快走过的背影。眼前这条公路顺着渠道拐弯,前头一座楼房,门前一棵大树,四周都是稻田,我好像从小就格外喜欢这样位置的房子。想起很多年前和江到过那里，和妈妈一路做事的阿姨从外面回来，妈妈捎了糖和衣服，我一个人走山路怕，喊江做伴。这样想着，衣角拧干水，见雨收了，继续赶起路来。遇见担了两篓猪菜的大婶，两人打照面并不讲话，只有沾水的脚步声，在寂静天地间。

到太乙居，不料雨又落起来。在一家新起楼房下避雨，屋里有人，出来一个婆婆，婆婆问，喝杯茶？我谢谢婆婆，讲不喝茶，一问，也是婆婆守屋，带着孙子，和我小时候一样，偌大楼房有着不小的冷清。婆婆要借伞给我，可是难得还，我请婆婆找一个化肥袋子，底下一角内推到另一角，三角形的长帽披在头上作雨衣，这样上路了。

太乙居到薛家湾是一段长的山路，沿途有一只大塘，视野开阔，再往前还有户人家，但此后便只是狭窄黄泥巴路和满山的松树。我鼓励自己不要怕，想起奶奶说，她是小孩子时，来这捡过柴呢。但过了山峡，头上油茶树枝叶遮住天，路下一口野塘，我还是害怕不过，打起飞脚往前冲，直到看见菜土和塘里四方圈着的草才停下来。狗听见脚步声，冲过来凶狠叫，反倒让我安心了。

然而薛家湾背后的长托里才是回家最大难关，一户人家也没有，又有精怪传说。很多年前，长托里有人做菜，摘茶，山里偶尔有人扒柴，总有点人气，后来大概偷菜的来了，主人到处放话，说长托里有妖精，一来二去好像就真有那么个东西。最可怜是我的外婆，有回她想到女儿家住几日，胆小的她走到这里，说是听见树下有声音，吓得原路退了回去。我到山前，呼口气，鼓励自己是受过现代教育的大人，不要怕，越是山里有声音，越是要停下来看清楚。路边黑压压的树，暗沉的天，在这里面走着像是傍晚了，忽然树枝勾住雨衣，我哪里敢回头，吓得汗毛四立，扒开挡路的枝枝蔓蔓不要命往前跑。直到跑出来，看见南伯伯家，悬着的心才落下来。

塘边一株栀子开了不少白花，一只蜻蜓从眼前飞过去，我看见了副坝。党伯屋后的田里刚插了禾，围子湾那一片空着的不少，几个人冒雨插着。走在田埂上，想外公去世那年，我不过七岁，也是一个人从这条路走回来，还记得那年西乐队的秋哥哥唱的是"千里难寻是朋友／朋友多了路好走"。秋哥哥是姨妈儿子，他做了几十年西乐队，送走无数的人，其中有他的外公外婆，不晓得他还会不会难过呢？如今外婆一走，我不会再像以前每年大年初二去回春，可能很多很多年都不会再走这条山路了，想啊想，走到桐梓湾，还没上坡，我喊："嫲馳嗳。嫲馳啊。"

没人应，看来秋哥哥还没把大家送回来。地坪里一把米，奶奶出门前撒的，鸡不知哪里躲雨去了。在窗子下，脱了湿的鞋袜，呆呆坐着，我现在只有奶奶了呀。

草潭往事

　　车子一路往西，老师和他的司机在前，后面是我们师兄弟三个，研二的两个师兄偶尔能和老师说上几句话，我从植物方向调剂到水产养殖，除小心答复老师交代的事情，问不出其他。车里大多时候是安静的，我靠窗坐着，路两旁有甘蔗田，天上白云成堆，盛夏阳光照得明晃晃一片。大概过了两三个钟头，前面车子扬起灰尘，路有些颠簸起来，高的甘蔗田不见了，视野变得开阔，能看见熟悉的水稻和蜿蜒而过的河。车子一直开到路的尽头，一棵木麻黄高耸，再外面是海了，老师的养殖场就开在这路旁。
　　几栋三角形房子。这一片原是酒店，地方偏僻，好像是风月场所，师兄说有的房间还有皮鞭之类的道具。不知怎的，生意没做下去，靠里的一边开了虾苗场，老师盘的这一边，则是贝苗培育和花螺养殖，这些奇怪模样的房子便留下来，做了场里职工和实习生们的宿舍。我们三个分在一间，房内久不住人，灰尘重，这一天扫地、洗凉席，书包放在一角，坐在晃晃悠悠的床上，听壁虎啾啾叫，算是安顿了下来。

吃过夜饭，老师喊大家到一起。树下搭的棚，老师坐在电视机前，介绍桌边几个人，场长郑叔、看水的红九叔、两位技术员，一男一女，原先都是老师学生，来实习的中专生，三三两两挤在吊床上坐着，最后就是我们三个了。老师介绍了场里的大概情况，嘱咐各人做好手头的事，交代我们往后跟师姐学养螺。

散会后，大家各自回房，我觉得新鲜一样的，躺在吊床上试了试，清凉海风悠悠吹着，十分舒服。树上有椰子，师兄摘两个下来，我们都是湖南人，用石头笨拙地砸了好一会才喝到。师兄嫌房里闷，也找吊床躺下，弓着像虾一样睡了一夜。

宿舍旁两只虾塘，再往那边是养殖池，顶上盖了遮阳网，有五六列，每列十二个长方形池子，有着不小的阵势。等我们起来，工人快投完料了，师姐站在池沿捞鱼骨。我们三个负责喂中间一列新投的幼苗。幼苗金贵，起

上图：洗沙。
中图：方斑东风螺俗称花螺。
下图：师姐养的方斑东风螺卖的这一天。

上图：养殖场全貌。
左图：池里混养的斑节对虾。
右图：海边一棵高的木麻黄。

初几周只喂牡蛎和小虾。我们三人一个称重，另外两个投料。大师兄把牡蛎泡在水盆，虾投完，牡蛎还没解冻好，小师兄和我等不及，解开袋子，将牡蛎放在篮子里水龙头底下冲，师姐看见了，大声骂："这样冲，营养都被冲走了，螺还吃什么？"我们赶紧把水调小，师姐看了仍旧不放心，过来接过篮子，任水从手背散下去，很轻抚着。

花螺嗅觉灵敏，平常潜伏在沙子里，不见踪影，牡蛎投下去，还在水里缓缓落着，下方的螺已经钻了出来，待完全着地，附近的螺接二连三往外打滚，很快有了蔓延之势，牡蛎落下的地方就像是一座座小小坟墓。等投完最后一池，前面的已快吃完，螺大多又钻回沙里，只剩下透明虾壳。这时捞一捞虾壳，换一次水，一天的事情就算做完了。

过半个月，老师回养殖场，看螺长大了些，吩咐我们像师姐那样投小鱼。投牡蛎和虾的时候不觉得麻烦，我甚至喜欢牡蛎身上那股西瓜味一样的清香。喂鱼以后，鱼要剖开做两半，洗干净，且换水前还得捞一次鱼骨。每天剖几十斤的鱼，手指长茧，身上挥之不去的鱼腥味。又大概是常在水边的缘故，慢慢脚指头烂了不少，大家讲泡高锰酸钾有用，于是两只脚泡得乌龟一样黑。

有天去喂螺，天有点闷，背心很快被汗水浸湿，投完几个池子的料，风渐渐大起来，遮阳网被吹落，正好触到头，网上水珠顺着头发滴下来，落在脖子上，冰冰凉凉。

我放下篮子，伸头出去，只见乌云蔽日，雷声隆隆。师姐说台风快来了，这样的天气螺不怎么吃食，我们便免了剖鱼之苦。只是恼人的雨没有停的意思，一连几日，困在昏暗狭小的宿舍。台风过境的晚上，电闪雷鸣不止，外面几只小狗害怕，悲惨地叫着，只好放它们进来。漂进来的雨水打湿毛毯，我把床挪了位置，无奈又逢漏雨，只得撑一把伞在床头。这样折腾一晚，早上醒来，房里一股狗味，推开门，只有淅淅沥沥的小雨在落了。天像一张灰色抹布，虾苗厂上空腾起几缕青烟，鸟缩了脖子站在电线上，像是江南清明时节寂寞的光景，忽然念起家来。

　　平常晴朗的日子，吃了晚饭，小师兄和我一道去海边散步。大师兄不和我们走，他在海边捡七七八八的螺，多骨螺、宝贝，他的女朋友喜欢这些。还见他捡到过活的中华鲎，流蓝色血，底部面目狰狞如远古生物，还有扁扁发硬的海钱，手指捏着有涩感。太阳落下去后，海风吹散暑气，也带来远方大海的凉意，天上几缕薄薄乳白色的云，遮住月亮，现出黄色光晕，沙滩尽头的灯塔一闪一闪亮着。少年们站在齐胸海水里，猛地跳起来，手臂击打水面。蓝到发黑的海面尽头，晚霞还未褪尽，但很快黑暗压过来，这时大海忽然变成另外一番模样，原来海天相接处满是渔船，马达声突突突响，船上黄色灯光映在水里，宛如可望而不可即的水上村庄。闪电在西边云里，挣脱不出，弯弯的月亮从天上慢慢走下来，红色的，像一场梦。

夜里躺在床上，听小师兄用他的手机放区瑞强翻唱的《偏偏喜欢你》，这是我五六岁时常唱的歌。那时妈妈去广东做事，抄过不少歌词，回家过年本子留在柜子里，那时电视台也常放这些歌，《样样红》《现代爱情故事》《飘雪》，一来二去，我就晓得怎么唱。仿佛眨眼间，我便到了从前妈妈的这个年纪，来广东，感到茫茫命运里一点巧合，仿佛一切早已注定，便坦然接受起这份命运来。

到年底，师姐养的螺一斤五六十只，可以卖了。早上听见师姐敲门，喊我们几个起来帮忙。真是太早了，太阳还没爬上木麻黄呢。到养殖池，大家各自分工，铁锹将沙铲进箩筐，另外有人拿水管冲，沙随水流下去，剩下干净整齐的螺在筐里。事情单调乏味，但有的池里混养着斑节对虾，蓝色的尾巴和爪子，看起来又肥又好吃。我请师姐慢慢铲，担心一锹下去拦腰铲断它们。看到虾在蹦，我把水管交给旁边人，抓起虾便往藻池跑，攒在那里，夜里可以加餐呀。有意外收获，做事就有劲了。

铲完一池，师姐让我去关水，可是阀门缺胳膊断腿，我扭不动，师姐嫌弃地望着。我不服气，说："师姐你要能关上我喊你一声娘。"然而师姐当真徒手关上了。她拍拍手掌，睥我一眼，轻蔑地说："喊娘。"我服气是服气，但嬉皮笑脸耍赖不喊。

几十个池子的事情，不等天黑我已浑身乏力，直起腰那一下几乎要晕过去，再干不动了。问师姐有没有糖吃？师姐说没有糖吃！又问师姐，没有糖吃是不是留了更好的东西给我们？师姐看我一副要死不死的样子，忍不住笑起来，说好好好，夜里请你们去草潭吃夜宵。

晚上，大家快快乐乐洗了澡，穿上干净衣服。夜风有些凉，大家又加了外套，我更是夸张地穿了鞋袜。平常在场里都是一双拖鞋走来走去，沾了海水或沙子，跟没娘的孩子似的，过得十分勉强。草潭是一个镇，离场里有些距离，站在养殖场外面的海边能远远望见。一道弧形海岸线，我们分隔在弧形的两头。大师兄开三轮摩托，师姐捡两块泡沫板丢进后车厢当座垫，发动机均匀平缓地响着，是新摩托才有的好听声音。我们几个爬进去坐下，在这条寂静又偏远的马路，看月光荡漾的鱼塘，不断退后的树木和远处人家的点点白光。师姐说大家唱歌啊，我起头，唱动力火车的《当》："让我们红尘做伴，活得潇潇洒洒，策马奔腾共享人世繁华。对酒当歌，唱出心中喜悦，轰轰烈烈把握青春年华。"夜空下几个二十多岁的年轻人，三轮车上颠簸，这样快乐地唱着，仿佛忘记眼下生活的寂寞和苦闷，我的心里有点感动，觉得再珍惜不过这样的夜晚了。

抓虾

来小岛上班以后，朋友们不无羡慕地说，那你好啦，每天吃海鲜。且不说我不怎么爱吃海鲜，岛上也没什么海鲜可吃，有的不过是超市的冻货，新鲜鱼店呢，卖的都是金枪、鬼头刀、炸弹鱼那些，又不好吃。偶尔在海边拐弯处的大树下，有人吊了一串串的大眼真鲷或龙虾，买来吃过几次，觉得还是淡水鱼虾好，哪个叫我是水库边长大的小孩子呢？

如今岛上只有谢总和我两个中国人了。以前五六个，大家在一起多的还是做几餐饭吃，又或者酒店去吃，当然不是说那样不好，毕竟这里中国人少，聚一聚难得，但最想的还是和人去山里的小溪抓虾。那时我才找到这个工作，看前同事的朋友圈有河虾，心里很高兴，想着以后去了也要抓，结果来没多久，上司匆匆交接完工作就离开了。我一个人留在岛上，也曾试着融入当地生活，比如家庭聚会烧烤、圣诞花车游行，觉得还是疲惫，后来索性只在工作需要时出去见人，大多时候一个人待着。有好几次在半夜不知如何是好，感觉快窒息了，就走到外面透透气，外面路灯没几盏，狗多，凶得要命，只敢在院子附近走几步，天上银河清晰可见，听着潮水拍在岸上的声音，站一会，感觉好一点，又回房待着。

但也有过一次短暂的快乐时光。那时有个澳洲的留学生到这里旅游，他离境时才注意到学生签证已过期，意味着短时间内他回不了澳洲，而申请新西兰的过境签回国也需要时间，后面和他一起来的同学都回去了，他还滞留在岛上等签证。有天他约岛上的中国人去夜市吃饭，我原本并不想去，问王老师的意思，她也不情愿，说我去她才去。我想就当是陪王老师，出去一次吧。到那里，我们各自买了吃的，坐下来听他们年轻人说去哪里玩以及澳洲的一些事情，觉得他们的生活真是好，年纪轻轻可以去那么多地方。王老师和我买的炸鱼沙拉，味道还行，小哥买的烤猪配米饭。这个烤猪我之前吃过几次，皮很硬，吃着玩可以，送饭还是有点困难。小哥感慨出来这么久，想吃妈

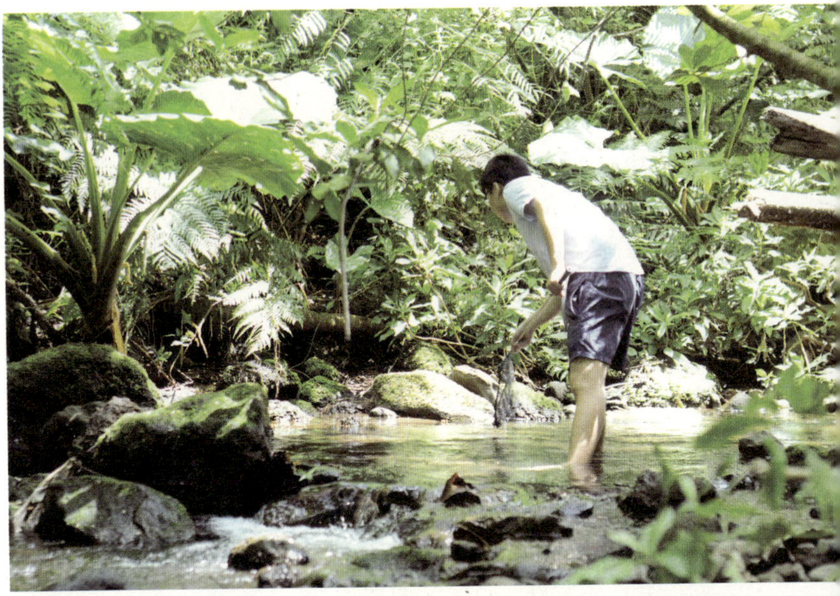

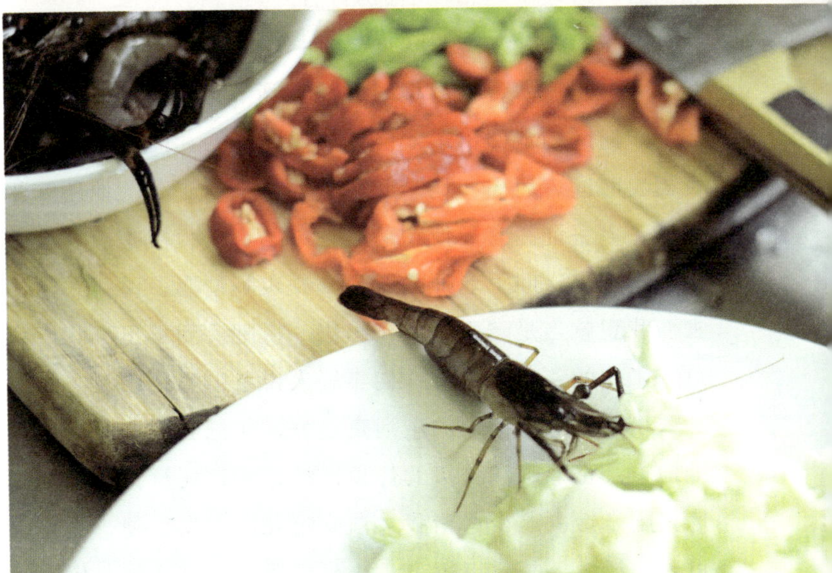

妈做的卤肉饭了。我一听,忽然心软起来,因为我以前在外面读书或出差都饿过肚子,知道想吃一样东西而不得的心情,于是请他第二天到住处吃饭。

几样平常的菜,但是有卤肉。这个菜我做得不多,没多少底气,但看起来小哥喜欢的,吃了一大半。原本吃过饭,事情就到此结束,可是他拿起我放在沙发上发霉的尤克里里弹了起来,我这才知道他也喜欢音乐。他拿出电脑,放他和他朋友录的曲子,其中一段是李志《108个关键词》中《忽然》的一段Solo(独唱),我一下子想起很多事情,反反复复请他放了很多遍。那时我还在长沙,就要离开喜欢的人了,黄昏时站在窗户边,听李志唱《月亮代表我的心》,觉得人啊真是渺小,感到不小的伤心。然而看看现在的自己,好像并没有因此沉沦下去,又或者,喜欢只是特定年龄非常笃定的一个东西,最后不可避免地终会淡去。

而这样麻木已久的生活,忽然又被过往执着的喜欢点亮一下,便觉得十分珍惜。小哥见我喜欢,教我弹几个简单的曲子。原先自己瞎弹,总不得法,他一指点,进步就很明显。这样一直聊到深夜,才送他回去。

谢总是他们营地的二把手,平常大家在一起吃饭,他总是倒酒的那一个。一开始他看我不喝,劝我,说在外面做事哪能不喝酒。后来他们翻译走了,王老师也回去休假了,偶尔就请我帮忙处理几样对外的小事。慢慢大家知道我的性情，就不再在喝酒的事情上劝我。我呢，觉得对方也是信得过的前辈，便敢说两句心里话。不喝酒这个事情其实我很多年前就想明白了的，如果为工作上的升迁，强行把自己变成酒桌上的人，想必也不会对自己的人生感到满意。我想，既然如此，那人生的道路就慢慢寂寞地走好了。

有上司在的时候，谢总跟我一样，只在有事情时出来，平常待在房间，我们私下没有更多交集。但是在一起吃过不少次饭，我知道他平常爱到山里找灵芝，海边找阴沉木，是个喜欢玩的人。所以等他上司一走，我问他去不去山里抓虾，这个事情我想了一年多，只是苦于没伴，又不知地方。谢总一听，说成啊，第二天早上十点钟准时到了我住处。正值夏天，植被疯长，推开门，前厅地板倒映着绿的木瓜树和辣椒树，篱笆外的凤凰木有的花还没谢，有的已长出细细密密的新叶，雪白的阳光下大红大绿衬着，看得人心情十分明朗，仿佛回到童年大人不在家的暑假。一个桶，一只捞网，简单两样工具放在皮卡后面，我们出发了。

地方不远，只不过进山是条不起眼的小路，要不是他们先前做过此地的勘查测量，一般外人不易发现。沿途没有人家，只有农业部一座破破烂烂放农具的房子，路淹没在青草之中，高低起伏，也只有这皮卡开得进去。在一片橘林后面，几个当地人在种菜，再往前，四周大树遮天，没路了，我们下车，站在巨大海芋旁，听见了溪流的声音。

　　谢总带路，在一处大树倒下的地方，循着松软泥巴路往下走。我这才恍然大悟，溪流是山沟里冲出来的，两旁并无平坦之处，且笼罩在树木之间。刚到溪边，板密的蚊子闻讯拢来，而我们穿的短衣短裤，一双夹板。顾不得蚊子和溪水里打滑的石头，找虾要紧，眼睛瞪得溜圆巡视几圈，只有这清洌洌的溪水。忽然谢总看见一只，顺着他指的方向，哇，真是大呀，两只钳子怕有手指长，黑的背，侧面一点亮黄色。谢总小心地把捞网伸过去，网才碰水，虾一弹，躲到枯木后面，网沿缝隙捅，不见虾出来。我原本想的是有一处安安静静的水潭，人站在岸上，随手捞就行，照这形势，今天估计没虾吃了。

　　谢总提了捞网往下游走，这里虾太少了。我还在水里东倒西歪，听见他在前面喊有很多虾。我抓着伸到溪流上方的树枝，走得总算快些了。这一处岸上有块狭长空地，溪水平缓，虾在两处石头湾里。谢总让我先捞几网过瘾，然而我根本捞不到，虾太机灵，捞网又密，在水里有着不小的阻力，手臂上的蚊子抖都抖不走，一巴掌过去，打死三四只，一手板的血。我捞两把空的，性子躁，放弃了。谢总接过网，往水里一站，网慢慢往石头湾里堵，把虾逼到缝隙里，然后抵着缝隙使劲兜两下，虾害怕，正想逃，就逃进了网里。谢总把虾放进桶里，我怕虾死掉，用盖子舀几勺溪水进去，怕跳出来，不敢多看，盖了起来。

虾受了惊吓，逃到外面，不再回湾里。天上的云一走，洁白日光从树叶间照下来，溪水明亮处几十只虾排成一条线正往上游，它们看到石头湾，又往里躲。这样一上一下两处石头湾里捞着，大概有十几只了，两人吃一餐还是有点儿少。于是谢总继续往下游找，他走得快，一下就不见人影。溪流上方枯木横跨，有点像原始森林。我一提脚，卡在石头里的夹板一边扯了出来，喊谢总，谢总不应，蚊子又来了，急得我大汗直流，这时看见不远处一条鳗鱼游过来，我上好夹板，还没穿到脚上，又被溪水冲走，赶紧折一根树枝抵住，等再穿好，鳗鱼已经不见了。到谢总那里，他又抓了好些，这一带没有湾，但溪水边是一层一层的碎石，虾藏在很浅的石头缝里，一网过去，总能捞到几只。我讲再抓十只就回去。还剩八只的时候，听见摩托车响，这么偏僻的地方怎么有人来呢？谢总担心车门没锁，要丢手机，于是赶忙从一处树下攀着钻了出去，到我爬上去，摩托车已经走了，问手机还在不？都在。这才放下心来。

最近岛上治安不好，先回营地看了看，谢总说顺便在这把虾蒸了吃呗，我不信他的，河虾要爆炒才好。但我没讲，只是坚持说去我那，多做几样菜，要像模像样地吃餐饭，毕竟是元旦。他拗不过我，说好，又在夏师傅屋前掐了两小把香菜。

　　谢总讲话虽是北京腔，但他小时候在湖南长大，记得一点长沙话，也吃得惯辣，所以我对他吃爆炒河虾有信心。后来一尝，他果然喜欢。我讲您多吃，都是您抓的。他说，你做得好，也多吃。我就笑，其实从小钓鱼、挖黄鳝那些我都不喜欢，长大后才明白一点其中的乐趣，哪怕只是帮忙提提桶我也是高兴的，现在还能做菜，尽一份力，就更有参与感了。

　　剥虾尾，小心挑出胸腔里黄色的膏，两个人吃得很高兴。谢总说要做一把更好的捞网，下次还去抓。他拿起啤酒瓶，我端起果汁，干杯，新年快乐呀。

施工队

　　早上起来正腌肉，听见拖拉机响，原来是有人在除草。厨房外面这块地以前是菜地，有人来种芋头、包菜之类，还种过好看的菊花。那时种菜的人天天过来打理，偶尔见到他的家人，大人小孩子好几个，到菜地旁边的木瓜树下摘木瓜，木瓜树高，大人用长棍杵，小孩子边上看，有着小小的快乐。后来这块地忽然荒废了，杂草渐长，只有那菊花还明艳艳开在其中。又过一段时间，菊花也谢了，杂草已齐腰深，这里就很久不来人了。

　　我把腌好的肉放进冰箱，站在屋檐下看，拖拉机后面一个四方样的扁平盒子，落下去贴着地面，车子往前走，草根接二连三打断，嘎吱嘎吱响，有点像吃脆骨的声音。脆骨是小时候很喜欢的一样菜，好像只有家里杀猪时才有，不能常吃，又因那嘎吱嘎吱的声音像是从脑子里听见的，便觉得格外有趣了。篱笆木挡在眼前，偏偏头，原来还来了一辆大货车，司机是个胖子，打赤膊，车子停在那里时，他拿了手机在看。过一会儿，有人走到车门下，货车很高的，坐着的司机仍然要俯身下来听他说话。两人交谈一阵，司机放下手机，车子倒几步，翻起斗车，一车黄土倒出来，那地方原本有个大坑，现在被填平了。

不过瘾似的，又绕到大路那边去看。密密杂草中，拖拉机开出来一条路，走进去，站在香蕉树叶下很小一片树荫里，货车已经开出去了，拖拉机还在来回拖着。除过草的地方，飞来无数鸟，啄虫子、草籽那些，拖拉机往回开，它们便齐齐飞起来，落到另一面继续翻吃的。很快太阳晒得肉疼，拖拉机也开走了，于是回来坐着，想起从前住在我家的施工队来。

那时我还是个初中生。有天下午从外面玩回来，地坪停了几台车，不少的大人，是县城来的水利施工队，听他们说话和我们不一样的腔。人是奶奶招来的，这会又听他们在吵，原来这群人里有对夫妻。奶奶讲："对不住了，我们乡下人讲究这些，你们住到几字落去要得不，我问了，那户人家同意你们去。"为头戴眼镜的中年人，大家喊他周经理，望着眼前这个倔强的老太太，皱了眉头，其他人不出声，那个结了婚的女孩子，手挽着旁边卷发的中年妇女，有些害怕的样子。周经理好声好气地打商量："九阿婆唉，我们东西都运过来了，临时换地方不易得，美丽和她妈妈睡就是，您看这样要得吧？"奶奶不信，以为周经理捏造的母女关系，一来二去，扯了很久。我看奶奶那么激动的样子，心里有气，一开始就不要答应人家啊，搞得现在进退两难。

没想到固执的奶奶最后还是让步了。我和奶奶搬到叔叔这边楼上住，一楼闲置的客厅，原本就放了从老屋搬上来的旧碗柜，再添个煤炉就是厨房了。挨着客厅的堂屋做施工队的办公室，眼睛眯眯的美丽在墙上画线，蓝色纸条贴出一个长框，粘上进度表，下面几张桌子一放，果然有了办公室的样子。堂屋另一边两间套房，靠里那间周经理和美丽的丈夫睡。因为背阴，春末初夏时常常很重湿气，放的又大概还是太婆那一辈留下来的老式床铺，刻了花鸟鱼虫的图案，不知怎的，我见了害怕，平常几乎不去那房间。周经理是大人，他不怕，睡那个床，美丽的丈夫则在旁边狭窄处搭一张单人床。周经理的叔叔睡外面那间。我们家竹床好几张，宽的狭的，铺上垫被就能睡人，嗲嗲[①]六十来岁，管工地上材料。

---

① 爷爷。

我家房子格局和叔叔这边一样，美丽和她的妈妈睡前面，另外两个小伙子睡背后那间。

这么大的房子，五六年间，一直只是奶奶和我两个人住，如今算得上十分热闹了。白天车子进进出出，地方上的人也来，在办公室和周经理说这个说那个。我是小孩子，不敢耽误大人们的事情，最先熟悉起来的是美丽和她的妈妈。美丽声音尖尖细细，拉了直发，听她念数字，"一、饿、三"，我纠正她，"不是一、饿、三嘞，是一、哎、三。"她听了笑："哎哎哎的也太土了。"再过两天，我就像狗皮膏药一样黏着她，她看书，我问她看的么子书？她讲逻辑，我拿过来一看，数学不像数学，语文不像语文，念不通，于是把书往桌子上一拍，说："你陪我打羽毛球要得不？"美丽问："你有羽毛球？"我讲嗯。其实是副旧拍子，不晓得几十年前的古董，都桥[①]了，球也有得，用废纸揉一坨，胶纸裹好，拍子一抽，纸球嗖嗖飞，比轻飘飘的羽毛球还有意思。

到吃饭时，人全去了，我回叔叔这边，奶奶煮好了饭菜，两个人吃着，我觉得十分寂寞。有一天，奶奶特别高兴的样子，揭开锅盖，饭上气了一小碗酱板鸭，说："美丽的妈妈雷姨端过来的，你试试味。"切成小块的鸭肉上

---

① 桥，指器物变形了，象桥一样拱起。

方热气腾腾,浸在一圈金黄的汤汁里,光是看着就已口水四溢了。施工队每天都有这样的伙食,他们从镇上买来绿且长的大蒜苗,菜炒得喷香,我嘴馋,有时雷姨喊,就真的过去吃,奶奶看见了,喊我回去,我端了碗饭躲在桌子底下。后来队里有人说我不该去吃,我那时还体会不到大人们各自的心思,大概奶奶是最难过的一个,她脸皮薄,自己不曾去施工队那边吃过一餐饭,为我听了这样的闲话。雷姨呢,是厨师,做不得主,但她还是疼我,早上煮面,看人还没起,端一碗过来,有我喜欢的好菜,腐竹之类的,留出一小碗给奶奶。奶奶感激雷姨的好,雷姨要鸡蛋,奶奶帮忙到处去买,雷姨要做靠背椅,奶奶帮忙去请木匠,砍我们山里的树做。我喜欢吃雷姨煮的宽米粉,奶奶去店子里买米粉,学雷姨的样子煮,我却嫌她做得不如雷姨好。现在想来真是伤心,如果当时能稍微懂得体恤奶奶,哪怕一点点也好的呢。然而我是那样糟糕又好吃的小孩子。

施工队做的事情主要是加固水库副坝,修通环水库公路。挖路机挖土,铲车装土,货车运土,路有一点模样后,再有货车从外地运来碎石,铺到路面,最后由压路机来回往返压平压实。开工的日子,桐梓湾、几字落、尺家冲的人都出来,站在各自山头,大都看上去都很高兴,路修到屋门口,往后出入就方便了。开压路机的叶师傅留着和我爸爸一样的头发，我本能地觉得和他亲近，他出去做事也带我，让我站在小小驾驶舱里。夏天热，封闭的舱内里更是如此，空调开很久，才勉强凉快一些。和叶师傅一起出去做事，我是很高兴的，只不过站在里面，周围人看着，尤其其他小孩子，我像是得了特殊优待，有点现世的意思，就不好总是跟着去了。天气好的日子，大家整日忙碌，入冬后，天时常落雨，一连几日，大家便不再出门，几个做事的人围了炭火，坐着打扑克。我不喜欢大家打牌，一是看不懂，二是打牌有输有赢，赢钱的还好，输的难免脸色难看，我不敢影响，看一会走开了。

　　有天夜里，周经理洗完澡出来，在堂屋外撞到我，见我闷闷不乐，问作业写完没有，我点头。他晾完衣服，见我还在那里没动，问怎么啦，我说没味，大家都在打牌。他讲："那我陪你玩一会？"我听了有点不敢相信自己的耳朵，问："您不去打牌？"他说不打。我又问："您陪我打几盘坦克？"他说行。我很高兴，起身去房间把小霸王接上黑白电视，一人一个手柄玩了起来。这天晚上我们配合得很好，连续过了好几次通关。大概到两三点，牌桌上的人散了，大家要睡觉，我关掉游戏机，和周经理走到屋外。天上挂了清冷的星星，想着这样好的夜晚就要过去了，心里很舍不得。到年底，大家回去过年，只有挖路机还停在地坪。有的夜里下了雪，第二天便爬上履带，走几步，盼望春天早点到来。

来年春天，我已经是初三下学期了，很多同学都在学校寄宿，晚上有老师补课，但我舍不得大家，还是骑单车上学。然而快乐的日子终究短暂，很快就要中考了，考试前两天，我在工地上看叶师傅压路，心里有一点期待，又有一点惆怅，隐隐约约意识到人生中某样东西已经走到了尽头。如今想想，大概是我的少年时代，结束在那天压路机轰隆隆的声音中。

考上县城的高中以后，我一个月只能回家一次，而这时路已经修到了水库另一面，为了方便，施工队重新租了住处。奶奶告诉我，他们住在大马山靠近正坝的地方。我走了很远的路去那里，叶师傅他们在工地，只见到了雷姨，她在和人打牌，见到我仍高兴的，转身拉拉我的手，然后又专心致志打她的牌。我坐一会儿，想法要走了，她让其他人替她，陪我到外面，问："怎么就回去？到这里吃饭，你不是最喜欢吃雷姨的菜？我才去你家的时候，你才那一点点高，看看现在，比雷姨还要高了，是吃雷姨的菜长大的呢。"我听了，觉得脆弱不过，抱了抱她。后来高二还是高三时，雷姨到学校看过我一次，送了一大罐我爱吃的腐竹和腊鱼。再后来，大家就失去了联络。

一晃十多年过去了，我打开电脑，在网上试着找到大家，输入周经理和美丽的名字和单位，可以看到这些年他们中过的各式各样的标,本县各乡镇,周边县市都有。想着这些年来他们去了不同的地方,租住过无数当地人的房子,会常常遇到像我这样留守在家里的小孩子吧。

叶师傅的名字我记不得,在同城网站查到一个开挖机的叶师傅,激动得不知如何是好,发信息过去问,叶师傅,您去过洞庭水库[①]吗?叶师傅说,哪里?洞庭湖吗?

---

① 洞庭水库在宁乡,和洞庭湖相去甚远。

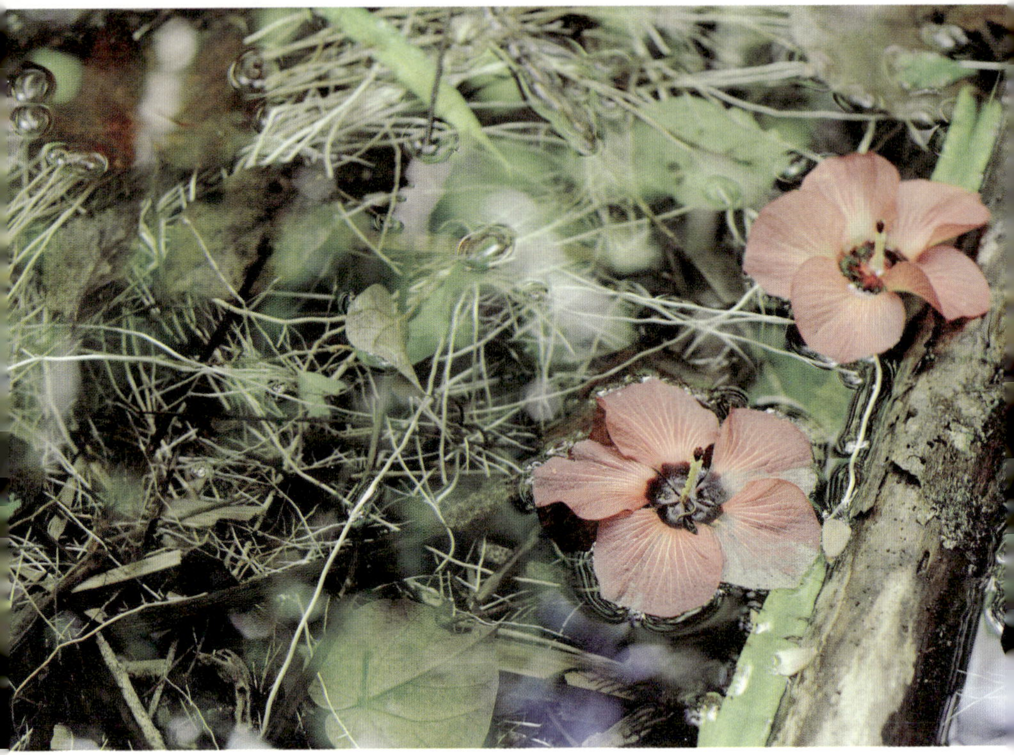

小岛过年

　　凌晨四点钟醒来，外面在涨潮，轰隆隆的声音听得清晰。夜里凉快了一些，起身把吊扇调到最小。之前做梦，风扇吹着仿佛站在呼啸风口，这会都安静下来了。翻来覆去，想着，不要再懒，还是写几句话。

　　没想到已经是在小岛过的第二个年了。感觉今年好过去年，一来，对地方熟悉，心理上不再觉得遥远，二来，只有三个人过年，饭桌上少了"不必要"的客气，自在许多。我可能的确是害怕"热闹"的。大年三十照国内时间过，年夜饭还在中土吃。这是谢总招呼我们的第二餐饭。如今正值小岛炎夏，天一热胃口就不太好。早两周他喊我和王老师去吃饭，我在微信里讲："谢总呀，少做几样菜，我煲了一大锅汤，王老师买了新鲜青口，您再做两个就差不多了。"结果一去，还是有些被眼前的阵势吓到，满满一大桌，每样很大分量，就算来十个人也不一定吃得完。大概大人们是这样的心态，少了怕不体面。

所以到年夜饭这餐，见到同样阵势，我就没那么诧异，只是觉得太辛苦他。说来也巧，正要出门，车行老板打来电话，说今天杀猪，要我过去拿内脏。我图好玩一样地在电话里说你们先不要杀哦，等我过来。路过中土，兴致冲冲跟谢总说今天杀猪呢，正好赶上除夕。谢总听了也高兴，问我有没有盆，这才想起来没有，于是他进去找两个大铁盆搁后车厢。王老师正包饺子，原本想带她去看看，可她好像一点没有要去的意思，便没开口问。

到了地方，水已经烧在那里，底下椰子壳烧得通红。猪养在芒果树下的铁笼里，两个笼子，一笼猪崽，另一笼里的两头其实也不大，大概六十多斤。婆婆坐在一旁，我问："怎么不等长大一些再杀？"婆婆说："再大就杀不动咯。"也是的，爷爷八十岁，搭手的孙子阿山还比我小一岁。以前在家里看大人杀过年猪，一两百斤，至少四个大人才杀得动。

爷爷拿一把尖刀，藏在手臂后，猪隐约感到不安，焦虑地蹿来蹿去，这时阿山朝猪头敲一铁棍，猪腿一软，趴了下去。正当阿山要提起来，猪又清醒过来，挣脱落了地，蹿到铁笼角落，不敢动了。两人左右吓唬，终于找到机会又朝猪头闷了一记狠的。猪吊在人手里，继而撕心裂肺尖叫起来，阿山空出一只手由爷爷提，这只手便紧紧捂住猪嘴巴，压制住其尖锐的惨叫声。爷爷往猪喉咙一捅，仿佛只是轻轻一捅就进去了，刀拔出来时鲜血直涌，不多久，声音越来越小，猪不再扭动。一人将猪提到开水旁，一人拿起水龙头冲走笼子里的血。可怜的是做伴的那头猪，眼睁睁看了这一切，拼全力想要跳出去，但试了几次，都跳不出去，最后绝望地贴在角落，等待下一次可怜的命运降临。

我小时候常见人杀猪，那时并不感到绝望。这回可能离得太近，又是当着另一头猪的面杀，空气里满是绝望的味道，不由胃里一阵翻腾，看得快吐出来了。猪杀完，过开水后，爷孙两个飞快地用沙子在猪身上搓，说来也是稀奇，猪毛那么容易就被搓下来了。记得家里杀猪是要吹的，屠夫往猪脚处插一根管子，腮帮子鼓得老大往里面吹气，猪吹成气球一样，扎紧，从上而下淋开水，一刀一刀刮，程序烦琐不说，还没有沙子搓得快。

旮旯处零散的一些碎毛，用剃须刀刮去，水一冲，整只猪白白净净。爷爷开始给猪开膛破肚。肚子剖开，先在肠子结尾处打一个结，小心撕开内膜，将整副内脏拆下，然后将猪劈开两边，前后两腿、肋骨总共六块肉，整齐卸好了，很小的堆料，他们把猪头也给了我，这样一看，我拿了一半有余。虽是当地人不吃的东西，还是感到十分不好意思，小声问阿山："真的不要给钱吗？"他听了笑，说："不要啦，反正都扔了。"我讲："那就过几天做吃的请你们尝尝。"他说好。爷爷看我要走，又砍了一串香蕉给我。

车子里臭臭的，我把车窗打开，小心翼翼地呼吸。到中土，望着这一大盆不知如何下手，幸亏有谢总帮忙，他先把猪肚、猪肠这些卸下来，挤去猪屎，而我只要洗干净就好了。说真的，站在水池旁边洗，好几次要吐出来。谢总呢，看他往猪肺里注水，然后两手一压，汩汩的水往外涌，好像又挺好玩。猪肠洗完一面，不知怎么翻过来，记得是用筷子，但到底是怎样穿不清楚，谢总从我手里拿了筷子，说："看着，你多抵住一点，推进去，不停往后翻就成了。"我一试，果然是的。我问："您怎么这么厉害？"谢总讲原先看厨师弄过。王老师包完饺子，不敢凑近看，我讲："王老师，猪肠好好吃嗳。"王老师嘴巴一撇，说："我才不吃呢。""怎么不吃？您看我洗得多么干净。"她说："内脏胆固醇太高啦，很多年前就不吃了。"

我有点沮丧，王老师不吃油盐重的，不吃内脏，不太爱吃肉，那我这个湖南人实在没什么好菜拿得出手了。无

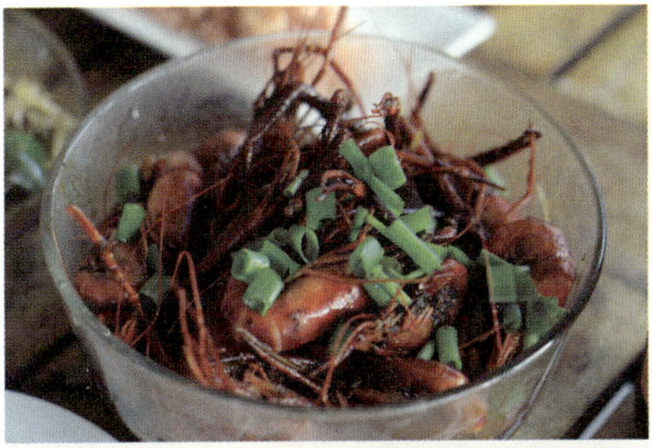
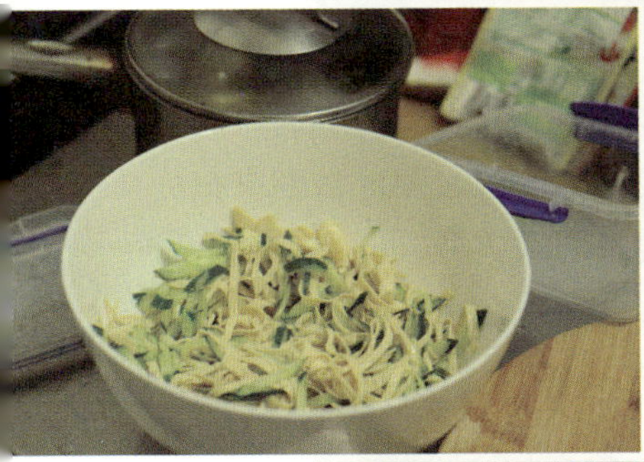
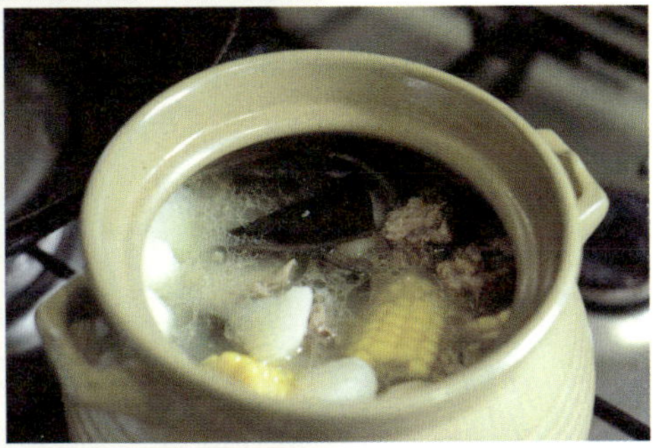
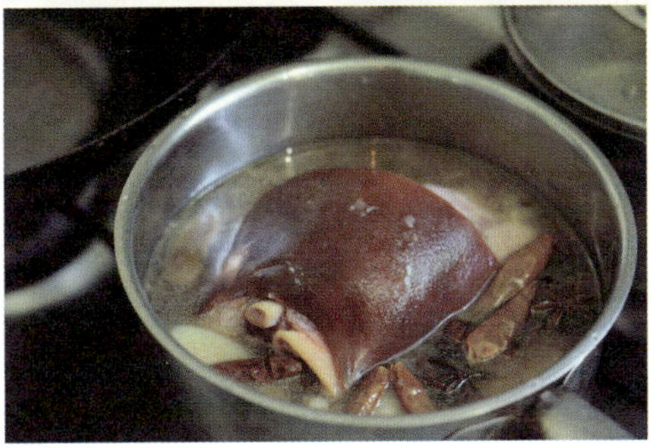

论如何，大年初一还是要请两位到我住处吃饭。去年做扣肉费了不少工夫，吃的人却寥寥无几，今年要做点不一样的。想起这一年多来跟着北方人吃饭，除常吃的饺子，凉拌菜也是饭桌上常见的食物。

　　原先我会做拍黄瓜，但王老师不吃辣，后来就试着用黄瓜丝拌豆腐皮，不加酸，不放辣，只入一点晾凉的熟植物油，生大蒜末，少许盐，少许糖，拌匀冷藏，黄瓜的清香和豆皮浓郁的黄豆香气，再有生大蒜的气味，仿佛就是菜市场买来的凉拌菜一样好吃了。红烧猪肘热天大概没人爱吃，于是放在卤汁里慢慢炖一个上午，晾凉后撕成小块的肉，同样冷藏，再算上三文鱼、绿豆沙，凉菜占去一半。另外几个热菜是西红柿炒蛋、爆炒猪肚、炸丸子汤和烤鸡翅，不过谢总去小溪那边取了好几十只虾回来，怕吃不完，鸡翅便没有再烤。

　　丸子是第一次炸，菜谱里说放点马蹄更爽口，不过岛上没有马蹄、莲藕一类的食材，只好用芹菜将就，原本做这个菜是为了图个兆头，煮的八颗做汤，不想王老师喜欢吃。看她吃了两颗，我觉得很高兴。谢总则喜欢猪肚，只是我经历了这次杀猪和洗猪肠，短时间内可能吃不下这些。终于能明白，为什么以前在家里奶奶杀鸡却不吃鸡肉了。

　　吃过饭，在玻璃门上贴两个谢总带来的福字，红彤彤的，是过年有的喜庆气，三个人拍了照片，又去海边散了一圈步。天可真热啊，一丝风也没有，海上一颗明亮的星星，大概是太白金星，大家并不认得，胡乱说着。

　　回到住处，谢总和王老师回去，我又是一个人了。在床上躺着看了会儿电视，想起锅里的饭还没有盛，又起身到厨房，电饭锅拿出来一看，竟然只剩很小一口饭了。以前请大家吃饭，煮的饭常常没人吃的。我感到十分高兴，在群里跟谢总还有王老师说，谢谢两位赏脸呀，大家又说了会客气话。我想，应该是做得还行吧。

合租室友

　　那时我到长沙三个月了，在旅行社做导游，大概是看我胆小，领导不敢轻易派团给我。几乎有半年时间我都在接送机，偶尔带几个学生团，每月挣到刚好吃饭的钱，只好借住在一个远房姑父那。厚着脸皮住了一个月，后来知道有个同学在附近一家重型机械厂上班，他们单位安排了集体宿舍，我想和同学住一起应当会自在点。同学人好，知道我的难处，二话不说答应了，于是搬了过去。

　　说是宿舍，其实是宾馆，只不过年代久远，一切看起来灰扑扑的。宾馆里有热水器和空调，在阴冷潮湿的冬天可以洗上痛痛快快的热水澡，并在洗完后不用着急瑟瑟发抖地穿回衣服，灰暗的生活仿佛就有了一点明亮的感觉。那时大家都才毕业，像我这样投奔有稳妥工作的同学的年轻人不算少，最多时这间房住过五个人，而房里只有两张单人床，于是我们三个稍微瘦的挤一张，稍胖的一位和另一个同学挤一另张。

南二环高架桥从宾馆旁边经过，桥底下有人开商店，五颜六色的塑料桶、拖把摆在店门口，像乡镇街头的样子。桥那边是网吧，大家还保留着学生时代的爱好，去那打几盘游戏，经过桥底时买几包烟或槟榔。天气晴朗时，桥底下出现不少老头，剃头匠也来了，单车靠桥墩停着，在一处太阳照得明亮的地方帮人理发。另外一排门面开了几家快餐店，我们经常到这吃饭。天气糟糕时，桥底下冷冷清清，有家快餐店的门还是开着，老板是对五十多岁的夫妻，老实人的样子。丈夫炒菜，有时煤火没上来，他就跟我们讲不好意思，火很快会上来。店里的菜不太新鲜，但价钱便宜，来这吃饭的多是在附近做事的农民工，或者像我们这样挣不到什么钱的毕业生。

在宾馆这样挤着，不是长久之计，慢慢地我联系到了几个在长沙做事的同学，大家有租房的意愿，于是合伙租了三室一厅的房子，每月一千二百块钱，每间房住两个，负担并不重。交完定金的当晚，我便住了过去。先前学校里用的垫被、电热毯这些我没有扔，铺好到床上。二月阴雨绵绵，风吹得窗户咯噔咯噔响，虽然有些害怕，但总算有了自己的住处，躲在熟悉味道的被子里，有着小小的安稳。

和我住一间的是以前的高中同学，隔壁是另一个高中女同学和她的妹妹，最后一间是我的同乡张波和他女朋友小蕾。想起来认识张波也是有点意思，他家在野鸭塘，和我一个小学同学还是邻居，我们上同一个小学、初中，甚至高中，但他小我一岁，乡下小孩子之间，好像除非同一个村，其他基本都是同一个年级的才会认识，这样一直到他上大学，忽然在社交网上看见彼此，忍不住感叹，小学的时候我还常常去他家对面山脚的一条小河里摸螃蟹！

张波来的时候还没答辩，在他姐夫的事务所实习，每天看很多卷宗，空荡荡的办公室，没人管，有时也跟着跑现场，陪人喝酒。小蕾最后才来，一开始我不太喜欢她，口无遮拦的，吃饭时常常听她挑剔张波，说班上明明有更好的男同学喜欢自己，但偏偏"自降身段"选了一穷二白的张波。张波一般听了只是笑，小蕾则越说越起劲，有些陈芝麻旧谷子的事情一再提起，张波脸上有些挂不住，眼看就要发火，也幸好，小蕾终于识趣地打住了。

我们经常做饭，由我掌勺。有段时间，我们特别爱吃藠头，不论是拍扁炒辣椒，还是剁碎炒腊肉或鸡蛋，都很下饭。只是藠头洗起来麻烦，尽是泥巴，黄的叶尖更要耐心一根一根摘除，我不想洗，于是使唤小蕾，小蕾电视剧看得正欢，不愿动，又使唤张波，张波厌烦这事，有几次我都能感觉他要掀盆洗手不干了，但女朋友喜欢，他还是忍下来，说："要我一个人吃饭，打死都不吃这玩意，再好吃也不吃。"我忍不住奚落他，他不服气，讲："等你将来有了女朋友，看我笑不笑你。"

过了四月，我开始接全陪团，厦门、东北、海南，天南地北走着。张波回学校答辩，拿了毕业证，事务所的实习时间已满，在他姐夫的介绍下，去了一家保险公司做法务。他经常加班，晚上没有九点几乎回不来。有时我夜里出来喝水，碰到他刚开门进来，一副精疲力尽的样子，他说工作好辛苦啊。那时我也很不好，记得毕业时有个师兄说工作前期很难，后面会容易一点的。然而我做导游半年多，不仅不觉得容易，反而感到越来越大的压力，吃不好，睡不着。有回去北京，有天晚上并没有安排餐，但有个客人的小孩拉肚子，非要说是我们的责任，她欺软怕硬，不敢找地接麻烦，却在我陪着去医院的路上，骂我黑心。我觉得难过，我比她的孩子大不过三四岁，自己的孩子是宝，别人家的就是黑心？从北京回来以后，我对这个工作感到不小的恐慌。有几天没出团，夜里和张波、小蕾出去看了场电影，半夜时分坐在粥铺吃夜宵，看着小蕾夹煎饼给张波，我忽然意识到，去再多的地方也比不得和喜欢的人在一起吧。

我不敢轻易放弃工作，到八月，旅行社派了一个港澳团给我，照理说，熬到出境（在旅行社港澳团算出境），应当是高兴的事，而我不知怎么搞的，心绪不宁，总担心有不好的事情发生。张波听我说了心中的不安，把自己的玉观音摘下来给我戴着。后来这个团在去澳门的当天，有几个前一夜脱团去见朋友的游客没能及时赶到码头，我担心她们的团签无法单独过境（其实可以的），上上下下不知打了多少电话，最后还要被这个团的领导指责（多亏有签字，我不需要担责）。所以当我坐在去澳门的摆渡船上，反而释然了，不要再在这样的人身上浪费自己的时间了。回到长沙，便辞了旅行社的工作。

　　辞职以后，休息了一个月，到后面变得十分焦虑，实在不知自己还能做什么事情。和我同屋的室友做IT行业，也是常常加班到半夜才回。我一个人坐在房间发呆，有天晚上，觉得孤单极了，把张波从隔壁喊过来，问他近期工作如何，又说自己是如何不顺利，对未来的路简直无可奈何。毕业的那几年，因为过得太差劲，又害怕别人的安慰，我很少再和人讲这些。这次和张波敞开来谈，是我们住一起的一年零三个月里唯一的一次。

　　和他聊完后不久，我振作着去一家英文培训学校找了份工作。开始学校安排初中生的课由我上，不到两个月，有个老师休产假，她手里的高中生班交给我。想想按照我以往的个性，肯定不敢接手，但想着再难哪里会有带团难，于是花功夫备课。前一晚把小蕾抓来练课，小蕾好歹是大学生，能把她唬住，高中生就不用过于担心，这样还是接了下来。

培训学校的工作时间和一般上班族是反的，我们就不再一起做饭。有时回去看到张波和小蕾正吃，他们喊我一起，我就讲你们先，我还要再做一点，把明天的中饭也预备出来。

到第二年四月，张波忽然说要走了，想去深圳闯一闯。那天傍晚，我从菜市场买了一斤猪头肉，张波给我开门的时候正和小蕾打电话，他兴奋地说："胡子哥回来做饭了！"他大概喜欢吃我做的菜的。只是可惜那天的猪头肉不好吃，张波只吃了一碗饭，他顾及我的面子，说，晚上不敢多吃，要减减肥。

张波走的那天下午，我正在教室备课，他用小蕾的QQ跟我道别，问我几点回家，说是晚上九点半的火车，我讲九点才下课，可能没办法去车站送他。接着越聊越多，过往细碎纷纷闪现，忽然到了分别的一天，心里十分舍不得。这一年多里，我没给过他什么帮助，甚至有时他晚上来我房间看我上网，我都没提起精神陪他多说两句。而今他即将离开，觉得羞愧得很。

不可避免地大哭了一场。学生生活原本在几年前就应该结束了，但我念旧，把大家拉在身边，像是大学生活的延续。晚上回去，只有小蕾在房间。我看她脸色不太好，我们聊起张波，小蕾说以前他们俩哪怕分离，都很短暂，而这次变得不可预知，小蕾说这是她毕业后第一次感到难过和孤单。

接着小蕾公司搬了地方，她重新租了房子，那天吃完中饭，小蕾做了最后的收拾，还把厕所刷得干干净净。她告诉我以后脏了，用地上的清洁剂，倒上去，过五分钟，刷子刷，最后拿水一冲就干净了。想起不久前，张波洗完衣服，听见小蕾急急忙忙起身数落他："唉呀，才倒的清洁剂，你这会儿就用水冲，待会儿怎么洗得干净。"我不无难过地讲："以后这厕所就得我自己洗了。"起身送她，在站台，小蕾看我穿着T恤短裤，问冷不冷，我说冷。她说那你赶紧回去。我说还是看你上车。没多久，车子来了，小蕾上车后还没来得及回头，车子飞快地开去了前方。

这五年间，断断续续和张波联系过几次，他开过事务所，有两三年，经营不下去，又回公司上班了。昨晚忽然想起他，打电话过去，听他正吃饭，小心翼翼问："小蕾在旁边吗？"这时听见小蕾应："在呀。"我感到很高兴，原来小蕾后来通过司法考试，这些年一直和张波在一起，再过几个月就要生小宝宝了。张波呢，变成一个比我还要胖的胖子。我讲："深圳的烤鱼好吃嗳。"小蕾听见了，跑过来插一句："哪里好吃，全是调料，还没张波做得好。"我讲:"哎呀,你老公了不起,做得比店里的还好了!"张波坐在沙发上,一边嗑瓜子,一边笑,说毕业这几年除了捞了个老婆,还是一穷二白,又劝我早点结婚。我说:"打住打住,你现在的语气简直跟我爸爸一样了。"慢慢地,那边再听不到琐碎的声音,小蕾已经收拾好了桌子。

想起五年前我们三个一起去看电影的夜晚,小蕾夹煎饼给张波,那时我就想:去再多的地方也比不得和喜欢的人在一起,而现在的我呢,孤身在这遥远的南太平洋小岛上。